MINGUOWUXIAXIAOSHUO
DIANCANGWENKU

民国武侠小说典藏文库

朱贞木卷

塔儿冈

朱贞木 著

中国文史出版社

朱贞木和他的武侠小说（代序）

上世纪三十年代至五十年代初是大陆武侠小说创作的一个黄金时期，名家辈出，佳作潮涌，领军人物就是学术界称为“北派五大家”的还珠楼主、白羽、王度庐、郑证因和朱贞木。朱贞木虽然敬陪末座，但他拥有一个响亮的头衔——“新派武侠小说之祖”！

朱贞木（1895—1955），中国现代武侠小说家、画家、篆刻家。本名朱桢元，字式颛，浙江绍兴人，出身官宦人家。自幼在家读私塾，喜爱诗赋和绘画，更喜爱文学。在绍兴读完中学后，考入浙江大学文学系，毕业后曾在上海求职并从事创作。1928年经友人介绍，进入天津电话南局（位于今天津市和平区烟台道）做文书工作，后升任文书主任。1934年将妻女接来天津，并定居于此。

1937年“卢沟桥事变”爆发，华北沦陷，日本侵略军占领天津，朱贞木因家庭原因继续留在电话局。天津报界名宿吴云心先生曾回忆说，朱贞木因此在抗战胜利后被解职，曾在天津小白楼开过餐馆。此事属于误传。其实，朱贞木为人清高而自尊，不愿在日控电话局中长期做忍气吞声的工作，遂于1940年自动离职，在家闲居，以绘画、篆刻自娱，偶尔也写点散文和诗。此时有出版社登门邀请他写武侠小说，于是他将1934年起在《天津平报》上连载的处女作《铁板铜琵录》续成长篇，易名《虎啸龙吟》出版，结果销路很好，于是他又陆续写下了《龙冈豹隐记》《蛮窟风云》《罗刹夫人》《飞天神龙》等十余部作品。

1949 年后，朱贞木尝试按照新的文艺观念进行创作，写了一些独幕话剧，而正在创作的武侠小说由于政策原因半途中辍。1955 年冬，朱贞木因哮喘病与心脏病并发，在天津市总医院去世，享年六十岁。

朱贞木在天津电话局供职期间，与还珠楼主李寿民同事。还珠楼主哲嗣李观鼎先生对笔者说，幼时在北京家中见到过来访的朱贞木，身材瘦削，双目有神。他记得父亲和朱贞木一聊就是一整天，说到激动处，互用手指比画，显见两人关系相当好。

朱贞木的武侠小说创作大约始于 1934 年 8 月，他在《天津平报》上开始连载处女作《铁板铜琵录》。张赣生先生认为是因见还珠楼主在《天风报》发表《蜀山剑侠传》一举成名，朱氏见猎心喜而作，以两人密切关系而论，确有此种可能。《铁板铜琵录》究竟连载多久、是否连载完毕暂时无法得知，或许有两年之久。大约在 1936 年 9 月，《天津平报》上又开始连载朱贞木的另一部武侠小说《马鹞子传》。"卢沟桥事变"爆发后，《天津平报》不肯附逆，自动停刊，该书也就停止连载。

1940 年 10 月天津大昌书局结集出版《铁板铜琵录》第一集，并自第二集起改名《虎啸龙吟》，并一直沿用至今。1942 年 11 月，天津合作出版社出版了《龙冈豹隐记》，该书的前面部分就是只连载年余的《马鹞子传》，可谓是在续写该书。不过《龙冈豹隐记》也并未写完，据作者自叙写到第五集就搁笔了，也没有提到原因，不过笔者所见现存最后一部是第六集。后来在书商和读者的要求下，朱贞木以该书未完结的后半部分加上手头已有资料，写成一部故事完整的《蛮窟风云》并出版。另外，1943 年 9 月的《369 画报》中提到他还有一部小说《碧血青林》，却一直未见出版，但是 1949 年前后出版的《阎王外传》序言中提及本书原名《碧血青磷》，或许就是此书。

抗战胜利后至五十年代初这段时间，武侠小说的出版迎来一个短暂的新高潮，朱贞木的小说出版了不少，如流传极广的《罗刹夫人》、《飞天神龙》《艳魔岛》《炼魂谷》三部曲、《龙冈女侠》、《七杀碑》、《塔儿冈》、《阎王外传》、《郁金香》等，是日据沦陷期间的几倍，其中既有武侠小说，也有社会小说，还有历史小说，仅见之于广告未曾见诸出版的小说尚有数种。

根据手头搜集到的原刊本和相关资料，剔除同书异名者，从 1934 年至 1951 年，各种体裁的朱贞木小说一共出版了十九种，仅见广告未见出版者四种，具体内容可参阅本作品集后所附《朱贞木小说年表》。另外有一部《翼王传》乃是上海著名越剧编剧苏雪庵所作，他借朱贞木之名出版，朱贞木为此还写了一篇不短的序言。

朱贞木小说之所以受到读者欢迎，张赣生、叶洪生、徐斯年等专家学者对此早有精彩论述，笔者不打算再抄一遍，只根据个人的阅读体验，谈一谈朱贞木小说的特色。

看小说本身是一件轻松愉快的事，古人雪夜闭门读禁书，乃是读书人特有的一乐，其实用今天的话来说，就是消遣，武侠小说尤其适合做这样的消遣，而好看的故事则是消遣的核心。

朱贞木的小说构思精妙，叙述生动，引人入胜。如《蛮窟风云》，从沐天澜误饮金鳝血意外昏迷不醒开始，引出瞽目阎罗救人收徒、金翅鹏的出场以及被龙土司纳入麾下，而跟着红孩儿的出场，解释了瞽目阎罗的来历以及与飞天狐结怨的经过，又为后文狮王、飞天狐侵入沐王府，瞽目阎罗舍身血战等高潮部分做了铺垫。又如《庶人剑》，陕西山村中，一对拳师夫妇失踪多年突然归来，教徒自娱晚景。他们意外收了一个来历不明的上门徒弟，不久就遇到多年前的仇敌上门寻仇，老拳师怀疑这个徒弟，结果误中圈套，幸亏这个徒弟忠心为师门，救下了老拳师父子，而仇敌五虎旗之来，则源自老拳师夫妇二人当年离家，与师兄弟一起走镖，技震江湖时期。朱贞木以倒叙的笔法娓娓道来，他在平实流畅的叙事中，营造出一种氛围，创造出一种情趣。故事本身环环相扣，紧凑严密，令读者不知不觉陷入其中，欲罢不能。他的名作《七杀碑》，二十多年前笔者真是一口气从头读到尾的。邓友梅先生在《闲居琐记》中，记录了著名作家赵树理先生指着《七杀碑》对他说的话："……写法上有本事，识字的老百姓爱读，不识字的爱听。学学他们笔下的功夫……"由此可见朱贞木讲故事的水平有多高了。

若要把故事讲得"识字的老百姓爱读"，只有凭语言的功力了。朱贞木接受过私塾和学堂两种正式和非正式的长期教育，其学历在武侠小说作者中大概是绝无仅有的。他的青少年时代又是在富庶的浙江绍兴度过的，他肯定接触过当时的鸳鸯蝴蝶派小说、新文学书籍以及翻译的西方小说作品。他的武侠小说处女作《铁板铜琵录》遵守中国章回小说的传统，采用对仗的回目，在描绘风景时更是不自觉地经常使用赋体，轻松自如，毫不佶屈聱牙，可见其古典文学素养深厚。自第二部《龙冈豹隐记》开始，包括之后的所有作品，他却都摒弃传统章回，章节名称全部采用"血战""李紫霄与小虎儿""金翅鹏拆字起风波"等名词、词组或短句，长短不拘，新鲜灵活。这一革新更为二十世纪五十年代以降大部分香港、台湾武侠作家写作的滥觞。他在武侠小说中有时还使用当时流行的新名词如“观念”“计划”“意识”等，然而用得自然爽利，反映出了一些语言跟随时代而来的变化。

严家炎先生在《金庸小说论稿》中说：“在小说语言上，金庸吸取新文学的某些长处，却又力避不少新文学作品语言的‘恶性欧化’之弊。他扎根于本土传统文学中，较多承继了宋元以来传统白话文乃至浅近文言的特点，形成了一个新鲜活泼、干净利索、富有表现力、相当优美而又亲切自然的语言宝库。”这些评价用在朱贞木——金庸的浙江同乡前辈身上，同样十分贴切。

追求自由恋爱是“五四”以来各种文学体裁的共同主题，武侠小说自然没有落后于这股时代潮流。在《蛮窟风云》《罗刹夫人》《飞天神龙》等朱贞木小说中，主要男女人物积极主动地寻找、追求自己的爱情，尤其是女性人物，一反全凭媒妁之言的传统，大胆示爱对方，甚至还有私奔、野合的情节。朱贞木有时还通过小说人物之口，表达他对于“情”字的解读，可以说，所有这一切都间接反映了五四运动之后反封建传统、反道学的社会流行风气。其实，在朱贞木前后期的很多武侠作品中，女性主角的地位已经大大提高，也出现不少以女性为主人公的作品，如顾明道《荒江女侠》、王度庐《卧虎藏龙》等，即使在还珠楼主的《蜀山剑侠传》中，女剑仙、女剑客也扮演了主要角色。只是多数作家虽然突出了女性的自主与独立，突出她们的纵横江湖，但在描写男女爱情上着墨不多、不细致，而在这个方面，朱贞木就显得比较突出。

他把恋爱中男女的哭、笑、逗、闹等言语和肢体动作描写得栩栩如生，淋漓尽致，而对于堕入情网中男女间的对话，更是绘声绘色，就连男女之间的武功切磋，有时也“写得花枝招展，脉脉含情”，表现了有情男女之间那种若隐若现、欲拒还迎的情致与趣味。有时他则用热辣辣的语言展现女性对于爱的向往，比如《罗刹夫人》中的罗刹夫人，《七杀碑》中的三姑娘、毛红萼，《飞天神龙》中的李三姑等等，这一特点被后起的香港、台湾武侠名家如金庸、卧龙生、诸葛青云、司马翎等人继承并发扬光大，同时穷追男主人公的侠女达数人之多，叶洪生先生称之为“数女倒追男”模式。相比之下，以“侠情”特色名传后世的王度庐，笔下恋爱男女的表现反而显得含蓄、收敛和传统。

至于男主人公的表现，除了在房梁上刻下“英雄肝胆，儿女心肠”的杨展，多数没有女性角色那么生动而有活力，《罗刹夫人》中的沐天澜竟然一副小男人的娇样儿，喜欢拜倒在两位罗刹姐姐的石榴裙下，仿佛有些《红楼梦》中贾宝玉的某些味道。

说来有趣，被划入鸳鸯蝴蝶派的顾明道笔下没有这样娘娘腔的男主角，王度庐笔下有些优柔寡断的李慕白也仍是男子汉一个，其他如更早的平江不肖生、赵焕亭和同期的白羽、郑证因等人都不弹此调，因此武侠小说中“娇男型”男主人公大概可以算得上是朱贞木的首创了。

对于爱情的结局，虽然同时期的王度庐偏重悲剧，但朱贞木还是和大多数武侠作家一样，选择了喜剧。大团圆的喜剧结尾对读者的感染力自然不如悲剧来得深刻，但在剧烈变动的时世中，对于经常听说和目睹人间惨事而无能为力的一般读者来说，也多少算得上一点安慰，多少能保留一点对美好事物的向往与期待，多少能暂时得到些许快乐与心情的放松！

小说作者迎合一般读者的需要，本是无可厚非的，而朱贞木这么做，却并不是“为稻梁谋”的需要。1943 年 9 月出版的《369 画报》第23卷第1期刊登了《天津武侠小说作家朱贞木》一文，作者毅弘在文中写道："朱贞木先生并不指着卖文吃饭，他不过是闲着没事，作一点解闷而已，在写武侠小说的作家中，朱贞木先生是一位杰出人才，独树一帜，另辟蹊径，所以将来的成功，殊不可限量。"

可见，朱贞木写武侠小说虽是为了解闷和消遣，却也不肯胡乱涂抹，而是要有真正的消遣价值！

他在处女作《铁板铜琵录》的序言中感慨小说的出版有量而乏质，原因则是社会不景气，认真作品没有销路，大家都要有口饭吃，于是就"卑之无甚高论"了。他又写道："在下这篇东西，本来用语体记述了许多故老传闻、私乘秘记的异闻逸事，借以遣闷罢了。后来因为这许多异闻逸事确系同一时代的掌故，也没有人注意过，而且看见小说界的作品，风起云涌，好像作小说容易到万分，眨眨眼就出了数万言，不觉眼热心痒起来，重新把它整理一下，变成一篇不长不短、不新不旧的小说，究竟有没有违背时代的潮流，同那个小说界的金科玉律，也只好不去管他，俺行俺素了。"

朱贞木显然十分清楚小说的真正要求是什么，客观环境所限，走消遣的路子罢了。即便如此，他也并不是向壁虚构，胡乱编些故事应付读者，而是有所依据的。他这样认真地选择和使用材料，显然是有成绩的，他的第二部作品《龙冈豹隐记》序言中是这样说的："前以旧作《虎啸龙吟》说部，灾及枣梨，颇承读者赞许，实深惭汗，且有致函下走：以前书仅只六集，微嫌短促，希望撰述续集为言。……稗官野史，无关宏旨，酒后茶余，聊资消遣。下走亦以撰述说部为消遣。以下走消遣之笔墨，转供读者之消遣，消遣之途不一，消遣之理相同。然真能达到读者消遣目的与否，则须视内容之故事是否新颖，文字之组织是否通畅为衡。以各种说部风起云涌之今日，而欲求一有消遣真价值之作，亦非易易。”

待到数年后的《罗刹夫人》出版时，他对武侠小说创作题材已经有了比较全面的认识和思考，他在该书附白中指出，武侠小说有两弊，一是过于神奇，流于荒诞不经；一是耽于江湖争斗，一味江湖仇杀。他希望《罗刹夫人》一书可以为读者换换口味。他也的确做到了，该书影响范围之大、时间之长是他根本想不到的。

朱贞木虽然屡屡强调自己写小说只是消遣，但他身处一个战乱频仍的大时代，又从家乡绍兴北迁天津，个人际遇的变化、人生的起伏都会多多少少在作品中有所流露。他的小说题材不少出自明末清初的笔记，为何选择在那样一个动荡的、变乱的时代发生的故事和人物，背后的含义是不言自明的。在《龙冈豹隐记》等书中，轻松和趣味之外，作者自身感受的某种无奈时有体现——身处乱世的人们，无论高人愚氓，何处可以求得安定的生活！

随着1949年1月天津的解放，这种对于时势的困惑与无奈就消失了。朱贞木在这年7月出版的《七杀碑》第二集结尾处写道：“烽烟未戢，南北邮阻，渴盼解放，当再振笔。”“解放”二字表明了他当时的政治态度，也表明了他对于新时代的期盼。于是，在全国解放后，朱贞木主动学习新的文艺理论，尽力掌握新的文艺观点，并尝试运用在新的武侠小说和历史小说创作中。《铁汉》就是他的一次努力：一个侠士挺身而出，牺牲自己，意欲拯救无辜百姓，免遭官军的蹂躏。在《庶人剑》的序言中，朱贞木已经认识到了个人英雄主义的狭隘与局限，认识到人民的力量的可贵，他写道：“‘老百姓的剑’是用钢铁一般的意志铸就的，无形的，锋利得无可比喻的，而演出的方式，不是斗鸡式的，是集合大众的意志，运用脑力体力，推动整个社会机构，而与障碍前进的恶势力做斗争的……”

可惜类似这样的努力并没有进一步开花结果，《庶人剑》刚刚写了三集就停刊了，预告的不少新作如《酒侠鲁颠》等似乎都未曾出版。自1951年6月起，所有武侠小说都不准出版。1956年文化部又颁布严肃处理反动、淫秽、荒诞图书的命令，并配发查禁图书目录，朱贞木的所有作品竟都赫然在列。其实，类似朱贞木这样努力学习、尝试运用新文艺观点创作武侠小说的还有还珠楼主、郑证因等武侠作家，他们的所有作品也一样榜上有名，一同被禁。此后三十年间，朱贞木的小说彻底消失，连朱贞木这个人也寂寂无闻至今。

朱贞木的武侠小说基本写成喜剧结局，可是他自己的写作生涯却以近乎悲剧收场，令人唏嘘不已。

上个世纪八十年代改革开放以后，武侠小说又重新出现在图书市场上，而且颇有声势，名家名作纷纷重现江湖，朱贞木的作品也出版了几种。时至今日，如《罗刹夫人》《七杀碑》等几部知名作品也再版过多次，只是因为出版人对于武侠小说仅仅停留在商业层面的认识上，因此版本混乱，存在这样那样的错误，影响了对朱贞木作品的研究。

中国文史出版社不惮花费巨大人力、物力、财力，出版“民国武侠小说典藏文库”系列丛书，为后世留下宝贵的研究资料，还中国武侠小说史上的知名作家一种本来面目，可谓功德无量！笔者作为该文库“朱贞木卷”原刊本提供者、编校者，于武侠小说资料的搜集与整理略有心得，承蒙社方信任，略谈一些关于朱贞木生平及其作品的粗浅看法，谬误不免，聊充序言耳！

顾　臻

2016年10月26日于琴雨箫风斋

2020年11月16日修订

目　　录

自　序 …… 1

正　　集

第一章　贪财色的剿匪先锋 …… 3

第二章　俏佳人一鸣惊人 …… 21

第三章　女英雄收服莽英雄 …… 35

第四章　施绝计将军上钩 …… 47

第五章　塔儿冈与瓦冈山 …… 59

第六章　饮血酒，举大事 …… 72

续　　集

第一章　破庙中的巧遇 …… 87

第二章　塔儿冈的盛筵 …… 101

第三章　白骨坳中的怪物 …… 112

第四章　小虎儿得彩头 …………………………………………… 127
第五章　总寨主做了新娘子 ………………………………………… 136
第六章　喜席上的三个贺客 ………………………………………… 147
第七章　红孩儿的断臂 …………………………………………… 161

附录：朱贞木小说年表 …………………………………………… 175

自　　序

旧作《龙冈豹隐记》，采取明末逸事为题材，资料甚丰，八年前撰述过六册，其后部三册，故事独立，后又续撰二册，完成一部分故事，易名《边塞风云》，合刊两厚册。唯有前部三册，因故事错综繁杂，迄今尚未续全。今为完成其全部故事计，仍拟分段续撰，故今重行整理，删去其起首琐烦杂事，撷取其中部严密之精华，修编为《塔儿冈》，刊印两册，首尾已全。经过如此剪裁，故事已臻紧凑严密，且又完成《龙冈豹隐记》一部分故事，从中未完逸事，乃是另一事迹，主角已不同，今再另起炉灶，在新作《酒侠鲁颠》《龙飞豹子》两书中分段叙出。此两书撰述下去，乃与《罗刹夫人》《边塞风云》及本书《塔儿冈》三书，互相牵连，故各书故事虽各独立，但人物线索均息息相关，一一接笋。上述五段故事，共有百余万言，均系根据明末清初各家秘记，绝非凭空虚构，今以分段撰出，以完成旧作《龙冈豹隐记》全部故事。

正　　集

第一章　贪财色的剿匪先锋

河南、山西交界一带山脉绵延，崇山峻岭，从摩天岭到怀德府玉星山止，凡是险恶的山头，都有绿林好汉做那没本钱的买卖，那时节恰值河南、山西、陕西一带都闹饥荒，结果凶悍一点的饥民便放下耕锄，捏起刀枪，投奔各山落草，所以这一带的山头，强人出没无常，最小的山头也有几百喽啰。其中最出名的，要算和淇县相近的塔儿冈和瓦冈山两股声势最大。

离塔儿冈不远，有一处名叫三义堡，比较其他山乡富庶，因强盗时常来借粮，没有一家不练习枪棒的，而且筑起土城子，要路口设起堡垒，保卫身家性命。堡内为首大户姓路名鼎，从小聘请名师，练习武艺，虽只二十多岁的人，武技已然了得，英气勃勃，言行爽利，经公推为堡主。副堡主名叫袁鹰儿，也只二十多岁，也练得一身武艺，精明强干，机灵过人，三义堡经两人策划，全堡五六百户人家，被二人训练得士饱马腾，同外来的盗匪打了几次胜仗，名震远近，从此这三义堡中人度着安宁快乐的日子。

这三义堡原来只有三姓，三姓祖先原是三个结义弟兄，隐居于此，后来子孙繁衍，便成了现在几百户人家的三义堡了。三姓中只有路家财丁最旺，次之是袁姓，袁鹰儿同路鼎便是两姓中佼佼人物，路、袁两姓外，还有姓李的一户，但李姓人丁不旺，业已断绝，可是在二十年前，忽然从外省来了两个逃荒的夫妇，自称是夫妇两人，向以保镖为业，现为还乡隐居吃碗太平饭。二人来历非常奇特，当时袁、路二姓看这对夫妇举动潇洒，风度出众，虽说是逃荒，随身带的财物却也不少，偏又姓李，便允许在三义堡长居下来。不久便生下一男一女，后来老镖师的老伴身故，老镖师的一身武功渐渐被三义堡人们知道，请他教练本堡的子弟武艺，路鼎、袁鹰儿二人便算是开蒙的门徒。但这位老武师以前的来历及名号，从来没有听他说起过，李武师沉默寡言，独来独往，也没有人敢问，只知他确有了不得的武功，且是内家的一派便了。

这一家人丁单薄，只剩了姊弟二人，相依为命。姊名李紫霄，年才二九，是三义堡出名的美人儿。她的弟弟才只九岁，乳名虎儿，长得活泼玲珑，眉目如画。姊弟二人真是三义堡钟灵毓秀的人物，没有一个不称赞、不爱惜的。但老武师去世已有一年多，袁、路二人受艺不到一年，武艺虽有进益，但内家功夫连皮毛都没有学得一些。虽然如此，路鼎感念师恩，时常周济他们，自老武师去世，几次三番，请李紫霄姊弟迁居在他家中，但李紫霄总推说热孝在身，不便叨扰，情愿姊弟两人孤苦伶仃，住在一间小屋内，度那清淡日子，一半也因路鼎尚未娶亲，须避嫌疑。其实路鼎对于这位师妹，早已深深嵌入心中，每月打发人送米送柴，流水般送将过去，李紫霄总是淡淡的若即若离。有时路鼎暗暗同袁鹰儿商量，叫他也向紫霄探听口气，因为袁鹰儿也算是老武师的门徒，彼此都有同门之谊，袁鹰儿的老婆又同紫霄最说得上来，路鼎托他设法，原是高招儿，但是李紫霄面若桃李，冷若冰霜，提到这上面，便默默无言，给你摸不着门路，恨得路鼎牙痒痒却奈何她不得。而且传说李老师傅的本领，统统传给李紫霄了，可是紫霄平日从没有露一手给人看过，也没有看见她自己练习过，看她平日弱不禁风的样子，谁也不相信李老武师的一身内家功夫会传给她。

袁鹰儿却咬定说："李紫霄已得着她父亲一身功夫。"路鼎认为弱不禁风的师妹，绝不能得着武功，后经袁鹰儿解释说："凡是内家功夫，不到真真交手时，是看不出来的，不比外家武功，操练筋骨而摆在面前的。俺生平以得不到内家真实功夫为恨，自从李老帅傅去世以后，俺春秋两季必要游历江湖，希望求得内家高手，但总是无缘，有几个略懂内家门径的，够不上传徒，却从他们嘴上听来，说是内家功夫有几层功夫，全在一对眼睛上分别，别地方是一点看不出来的。俺仔细留神紫霄师妹，果然与众不同，虽说姣好女子，双眸剪水，异样精神，可是紫霄的一对秋波，从晶莹澄澈之中，又蕴藏着闪电似的神光，好像威棱四射，不可逼视一般。紫霄自己深藏若虚，深怕行家知道，故意低着头，不同人家对眼光，人家以为女孩儿害羞，其实她别有用意呢。"

路鼎听袁鹰儿这样一解释，格外心痒难搔，恨不得立时娶过门来，偷偷地拜在石榴裙下，称一声："知心的老师，快传给俺内功吧！"这样才心满意足。痴情妄想地经过了半年，托袁鹰儿的媒事仍无头绪，忽然平地生起风波来。

因为路鼎威镇一堡，相近山头的强人，非但不敢招惹，而且改装富户，慕名拜访，互相结识。路鼎是个海阔天空的角色，明知人家不是好路道，总以为看得起自己，也是英雄惜英雄的意思，何妨来往交谊，这样一来，四近山头的绿林好汉，时常进出三义堡，外面也有点不好的风声。

袁鹰儿来得机警，忙知会路鼎，叫他谨慎一点。路鼎和这班人物走得起劲，怎好意思突然拒绝，偏在这当口，相近瓦冈山一伙强人，劫了卫辉府一批饷银，官厅因为事体闹大，难以装聋作哑，侦骑四出，探出瓦冈山强人做的案，夤夜调了一支得力军队，统兵的是卫辉总兵黄超海，这人马上步下功夫都十分了得，只是性情暴躁，凶猛异常，出名的叫作黄飞虎。他手下一个副总兵尤宝武艺平平，却是好色贪财，这人统率着一队大兵开路先行，一路耀武扬威，作威作福，弄得百姓叫苦连天。三义堡偏是进剿瓦冈山的要道，是这队兵必经之路，早由三义堡的人，从前路得着消息，报与路鼎、袁鹰儿知道。

路鼎同袁鹰儿商量说："这样的官兵过境，看得本堡富庶，定要进堡骚扰，又素知副总兵尤宝是个无恶不作的角色，他们一路扯着官兵旗号，百姓吃了亏，还没处申冤，定须想个妥当办法才好。"

袁鹰儿皱眉道："如果不叫他们进来，定必加上我们窝盗窝贼的罪名；如果让他们进来，我们三义堡妇女老幼定被欺侮，三义堡的英名，也从此完了。依我主见，不如给他个软硬俱全。我们村南、村北两条要路的碉堡，和连接碉堡的土城子，赶快整理一下，布置好一切守卫，多备点鲜明兵器旗帜，给黄飞虎看看我们三义堡不是好惹的；一面我们宰几只猪羊，备几坛土酒，等官兵路过时，推举堡中几个老年人迎上前去，表示我们箪食壶浆以迎王师，也算尽了我们地主之谊，就在那时节，好言对他们说，请他们不必进堡，免得鸡犬不安。好在他们到瓦冈山，原不必进堡来，咱们土城子并没有碍着官道，谅堂堂官军，也不能不讲理。”

路鼎点点头道：“这样也好，我们也不能不预防万一。”正说着，外面走进几位年长的老头子来，路、袁二人一看，都是两姓的前辈，慌立起身迎接。

为首的一位长须如银，约莫有七八十岁，腰板笔挺很是精神，首先说道：“两位大约正商量官军的事。现在听说官军前站，离此已只二三十里路，这一路只有我们这三义堡还像个样子，难保他们不进来无理取闹，两位必须想个法子才好。”

袁鹰儿便把商量好的办法一说，几个老者互相讨论了一下说：“也只可这样办。”有两个老者便答应押着犒军羊酒，当天迎上去。路鼎即派人备好了应用物件，挑选了二十个壮丁，挂了花红，两个老者骑了牲口，押在后面，立时动身去了。

路、袁两人打发这班人去后，立时鸣锣聚集路、袁两姓壮丁，宣布了意思，立时在土城上按着平日分派职守，各依方位，布置得兵甲森严，路、袁两人也暗藏软甲，带着兵器，站在官军来的要路口第一座土堡上，静候消息。

不料由正午等到日色西斜，尚未见犒军的回来，正想派人迎接，忽见对面官道上尘土起处，一匹马驮着一个人，捧着一面红旗，飞也似的驰到堡下，勒住马，仰面大喝道：“黄将军有令，此地邻近瓦冈山，难免没有强人藏匿，暗探消息，特命俺唤取此地为首之人，到军前听候问话，怎的关闭着这鸟门，是何道理？现在没有工夫同你们多话，快叫为首的滚出来，随俺去复命！军令如山，谁敢不从？快叫那人出来。”

这人这样耀武扬威地一来，几乎把堡上路鼎肚皮气破，立时便要发作。袁鹰儿慌忙止住路鼎，探身向下问道："你既然从大军前来，当然知道我们这儿已有村中几位长老，押着花红羊酒迎上前去，那几位长老便是俺们为首的人。再说俺们这三义堡是强人的硬对头，吃了俺们好几次亏，谁敢到这里埋伏呢？"

袁鹰儿话未说完，马上那军健大喝一声道："呸，闭上你这鸟嘴！你们宰了几口不花钱的猪羊，差了几个老废物，到俺们大军前来装穷说苦，想哄小孩子不成？老实对你们说，你们这样诡计，不要说黄将军不听这一套，便是前站先锋尤副总兵那一关就难过去。你们想那几个老废物回来也容易，只要唤出你们为首的人，乖乖跟随俺去好了。"

路鼎忍不住大喝道："叫俺们为首的去，有什么事，你且说个仔细！"

那军健一抖缰绳，滴溜溜马身一转，回头望着路鼎，看了又看，用马鞭一指道："怪不得尤副总兵早已探得你们同强人暗通声气，现在一看情形，果然很对。好的，你们等着瞧。"说毕，刚待扬鞭催马，猛地堡上一声大喝："狗才，着镖！"喝声未绝，那军健已翻身落马，痛得满地乱滚。

原来，堡上路鼎听得话头不对，知已凶多吉少，气不过掏镖在手，给了军健一镖。路鼎的毒药镖很有名气，发无不中，这一镖正打在军健后腰，药性一发，顿时死去。

袁鹰儿一看事已做了出来，慌差人下堡，把尸身收拾过，那匹马也藏到一边。正待和路鼎商量对付办法，猛见官道上尘土大起，一批军马打着先锋旗号，风驰电掣而来，一霎时前面一张镶边大旗，招展出一个大"尤"字来，看去有一百多个步卒，二三十个骑兵在先，步兵在后。当先大旗底下一匹点花青鬃马，骑着一个尖嘴薄腮、全副甲胄的副总兵尤宝，背弓挂箭，鞍横一柄春秋刀，催马到了距堡一箭路，便喝住后面军马，踞鞍望上观看。

这时堡上土城上已排列着麻林似的标枪，旗帜耀目，很是雄壮。见那尤宝似乎吃惊的样子，回头向身后骑马的几个偏将、把总之类说了几句话，便见旗影一动，人马雁字般排开，由许多步勇推推搡搡，拥出几个反绑的人来。路鼎、袁鹰儿急看时，原来军前捆绑的人，正是派去犒军的几位老者和二十个壮丁。

官军这一招实出意料，连袁鹰儿也双眉倒竖，怒火高升，堡上和左右土城子上面排列着的壮丁，个个愤怒填胸，齐声大喝道："这哪是官军，比强盗还不讲理，俺们一番好意去犒接官军，反而受了这样折辱，世界上还有理可讲吗？既然这样，俺们齐心合力，打掉他们再说！"接着一片喊杀之声，震天而起，那堡下尤宝和一班步兵、骑兵也似有点气馁，想不到这区区三义堡，有这样声势。

尤宝两只鼠眼一转，计上心来，一拾缰绳，跑出旗门，向堡上一指道："大军过境，你们居然盛张兵器，闭堡阻抗，莫非真想造反吗？"

不料他神气十足向堡上大声呼喝了几句，堡上睬也不睬，一个个壮丁张弓搭箭，朝着他怒目相向。尤宝讨了没趣，正想回马，猛听得堡门内震天价一声大响。

原来这时堡门大开，泼剌剌冲出一匹黑炭似的骏马，马上跨着威棱四射、身体魁梧的路鼎，倒提着一柄长杆截头大砍刀，身后五十几个壮丁，一色短衣窄袖，包头扎腿，雄赳赳挎刀提枪，一阵风似的卷出堡外，一字排开。

路鼎大刀一横，双腿一夹，冲上几步，向尤宝喝道："俺们三义堡累世清白良民，不幸这几年四面盗贼蜂起，时来薅恼，屡次禀请官府，一概装聋作哑，任贼横行。俺们三义堡几百户人家，没有法子，才挑选壮丁，设起保乡团练，自卫身家，几次同强人对敌，幸能保全一村老小。现在府里派黄将军进剿，总算为国为民，所以俺们略备羊酒，聊表微意，并请你们顾念百姓，整肃军纪，不要扰及平民。这原是一番好意，不料你们把俺长老们当强盗般绑了起来，这是何道理？请你说个明白!"说罢，虎目圆睁，直注尤宝。

尤宝冷笑一声道："见了本先锋还不下马请罪，竟敢耀武扬威，强词夺理，真是大胆狂徒。"说到此处，又是一声大喝道："狗才报名!"

路鼎哈哈一声狂笑道："谁不知道三义堡路鼎是个磊落丈夫、血性男子，你如果知道统率官军，全在除暴安良，保护百姓，立时把这班人释放回堡，而且严令不准一兵一卒进堡啰唣，这样，俺路鼎立时下马给你赔礼。"

尤宝一听这些话，气得满面通红，指着路鼎骂道："原来你就是路鼎呀，怪不得有人指名告你暗通强人，谋为不轨，看你这样目无官长的举动，也用不着三推六问，准是强人无疑。今天本先锋统军到此，为的是明察暗访，察看真假，想不到你胆大如天，悍不畏死。照理说，擒住你这区区之辈，也不费吹灰之力，现在本先锋姑且法外开恩，让你投案自首，免得大军压境，玉石俱焚。这是本先锋一番好意，你且仔细想想。"

尤宝这番话，并不是真有好意，其实他看得堡上堡下兵备森严，路鼎横着一柄厚背阔锋截头刀，天神般雄视一切，感觉事情有些棘手，自己心中计划有点行不开。原来他一路统军而来，派了几个心腹，沿路打听某村有多少富户，某处有无绝色女子，以便随机恫吓，财色双收，将近三义堡境界，早已安排好计划，想在堡中大大地抽一笔油水，尤其是他手下几个营混子，替他打探明白，知道三义堡内有个李紫霄色冠全堡，同时也探出路鼎英雄不大好惹，所以安排好通盗罪名，偏逢堡中父老担酒牵羊前往犒军，正迎着尤宝的前站人马，立时不分皂白，先来个下马威，统统绑起来。他以为来犒军的定是堡中为首之人，路鼎谅必在内，哪知偏出所料，细细一问，并无路鼎，立时差一军健，骑匹快马，背着令旗前往传唤，自己统军随后，急急赶来，满望借着军威王法，当头一罩便成。哪知路鼎已把先到军健打死，势成骑虎，索性满不听他这一套，弄得大僵特僵。这时他想自找台阶，又要出花招儿来，说了一番哄人的话。

路鼎听着不由哈哈一笑道："在你口中左一个强人，右一个强人，硬指定我是强人，大约你知道瓦冈山的强人降伏不下，想把三义堡当作瓦冈山，杀几个平民百姓，好去献功，容容易易地便升官发财了。老实对你说，你想动三义堡一草一木，须放着路鼎不死。"

这一来，尤宝计穷智尽，羞恼成怒，向左右一声大喝道："擒了他过来！"

这一喝令，门旗开处，便有两条枪、两匹马，双将齐出，直冲过来。

路鼎一声冷笑，并不动身，等待枪临切近，猛可里霹雳一声大喝，一催战马，只抡刀向左右一扫，"咔嚓"一声，双枪齐折，路鼎顺势用刀背一拍，转身又用刀柄一击，两个偏将连招架功夫都没有，一个滚落马前，一个跌向马后，立时拥上几个堡勇，掏出绳束捆个结实。

路鼎呵呵大笑，用刀一指道："这样脓包，也想到瓦冈山去，真是好笑。如果不服输，连你也难逃公道了。"

这时尤宝面上真有点挂不住，暗想路鼎果然名不虚传，便是自己出马，也是白饶，看来强龙难斗地头蛇，今天同他用强是不成功的了。正在进退两难之际，万不料路鼎胆大包天，手持一柄大砍刀，双脚勒马，一声不响，直奔自己过来。这一下，真把他吓得冷汗直流，慌忙带转马头，退向队后。哪知主将一动，一班兵卒吃了齐心丸似的，个个转身便跑，尤宝也身不由已夹在骑兵当中，没命地向来路逃走了。捆绑在军前的几位父老，和二十余个壮丁，却纹风不动。

路鼎看看大乐，慌忙止住堡勇，先把捆绑的长老释放，堡上袁鹰儿看得清楚，也下堡迎接。路鼎押着两员偏将，率兵进堡，一时欢声动地，个个都说官军这样不济，也来太岁头上动土，未免可笑了。独有袁鹰儿默默无言，跟着路鼎布置好看守土城的堡勇，两人一同回到路宅来。

这时已掌灯火，路鼎留住袁鹰儿一同饮酒，商量办法。

袁鹰儿道："今天这一下，和尤宝已结下了深仇。这人武艺虽不足惧，却要防他诡计。他主将黄飞虎武艺不在你我之下，也是一个劲敌，再说他们究系官军，万一尤宝在黄飞虎面前挑拨是非，真个大军压境和俺们对垒起来，俺们弹丸似的土城，几百个堡勇，如何抵挡得了？非要想个釜底抽薪的法子才好。"

路鼎大笑道："这样不济事的车马，多来几千、几万，何足惧哉？便是黄某有点虚名，谅也没有多大真实本领。"话还未毕，猛听得轰天价一声炮响，连地皮都有点岌岌震动。

袁鹰儿酒杯一蹾，喊声“不好！”正想出外探问，忽见一个堡勇飞步进来报道：“黄飞虎亲统大军到来，在五里外安营，刚才一声响，便是官军安营信炮。”

一语未毕，接连又跑进几个堡勇，飞报道：“无数官军已把前堡围住，尤宝引着黄总兵已在堡下，指名要堡主答话。”

路鼎霍地推案而起，大喝道：“俺正要他们到此，待俺出去会一会黄某是否有三头六臂。”说罢，提了截头刀，便要趋出。

袁鹰儿慌拦住道：“且慢！这般时候，他们急急到来，定必倚恃人多势众，乘此天晚夜黑，混战袭堡。事已到此，只有先布置好坚守的东西，再和他们交战。事不宜迟，路兄请先上堡指挥，待俺召集全堡户口，不论老幼妇女，合力助战，方可抵挡得住。”路鼎一面答应，一面已大步踏出，袁鹰儿也急急知会老幼去了。

路鼎出得自己大门，抬头一看，堡外火光烛天，一片人喊马嘶之声，自己门口排着一队近身堡勇，已替他备好战马。路鼎一跃上鞍，领着这队人马，飞也似的来到前堡，只见堡勇们一面张弓搭箭，一面搬运灰土木石等一切守城之具，却都暗地布置，并不举火，人心也并不慌乱，这也是平日路、袁两人教练有方。

路鼎下马趋上第一堡垒，攀住前垛，向外一看，只见灯球照耀如同白日，火光中照耀出无数官军，一层层按着各队旗色围住土城，静立无哗，似乎没有攻堡的样子，中间大纛底下，却设有一把折叠蒙皮的交椅，虎也似的踞着一个全身甲胄的雄壮汉子，面目却看不清切，身后排着许多的将弁，似乎尤宝也在其中。

这时忽有两匹马驰近堡下，大喝道：“上面听真，将军有令，叫你们为首的路鼎下堡答话，怎的还不现身？如再支吾，立时下令进攻，踏平全堡，那时不要后悔!”喊毕，泼剌剌又跑回去了。

路鼎不禁大怒，等不及袁鹰儿到来，便想出战，刚一转身，猛见磴道上缓步走上三个人来，头一个袁鹰儿满面喜气洋洋，和初闻官军到来一副匆遽神气截然不同。路鼎却不同他招呼，怔怔地只望袁鹰儿身后，原来他一眼瞥见袁鹰儿身后，跟着一个天仙似的李紫霄。

这时李紫霄虽然依旧一身缟素，头上却包了一方素巾，腰上加束了一根索条，练裙微曳，露出窄窄弓鞋，扶着虎儿的肩头，袅袅婷婷地走上堡来。

路鼎初时很诧异，心想：“袁鹰儿真荒唐，便是叫老幼出来帮助守堡，也不能叫她和这小孩子出来。”谁知再定睛一看，又大为惊奇。

原来弱不禁风的李紫霄，身后却斜背了一柄函鞘长剑，连小虎儿也挂了一具小小的皮囊，而且凸凸的似乎装着暗器。蓦地记起袁鹰儿说过她得了李老英雄真传，今日一看，谅非虚语，但是平日见她荏弱样子，终有点信不及。

等三人跨上堡来，慌躬身相接道：“师妹、师弟何必亲自驾临，弓箭无情，便在这堡上，也不妥当，万一有个闪失，愚兄如何对得起地下恩师？依我说，袁兄，还是请师妹们安心回府吧。”

袁鹰儿还未答言，李紫霄嫣然微笑道：“今天不比往常，全堡老幼性命，全在路兄、袁兄身上，既然袁兄集合全堡老幼分头助守，愚妹虽然女流，岂能安坐闺中，好歹也要凑个数儿；再说，咱们三家先世义结金兰，手创此堡，也费了无数心血，今天大难当头，只有路、袁两姓拼命出力，没有敝族一人，于义亦属不合，敝族虽然式微，愚妹和舍弟也应唯利是视，以报九原之心，以全三义之谊。”

这一番话，非但路鼎佩服得五体投地，连连打躬，便是左右一班壮丁也被这番话感动得忠义奋发，勇气百倍了。

袁鹰儿拍手笑道：“路兄，师妹说的话，你听到吗？这番大道理，你驳得倒吗？这你就知不是俺请她老人家出马的，事后可不能怪俺了。而且俺也曾极力劝她，同众妇女们到后堡去助守，后堡官军还没有合围，万一前堡有个闪失，众妇女从后堡逃走，也容易一点。万不料俺说了这几句不中听的话，受她一顿教训，说出来的道理，真愧死俺们男子了，没法才一同到此的。”刚说到此处，猛听得堡外震天价又是一声炮响，接着官军大队天摇地动地喊起攻城来。

路鼎还痴心想让李紫霄、虎儿二人回家去，满以为堡外这样一威吓，女孩儿家哪经过这样阵仗，定是吓回家去的了，哪知偷眼看李紫霄，镇定如常，比自己还来得落落大方，最奇小小年纪的小虎儿，一手摸豹皮囊，在垛口上东一张，西一探，竟似馋猫找食一般，不禁暗暗称奇。这时堡外已紧张万分，一时顾不了许多，向袁鹰儿道：“你不必出阵，千万保护着师妹、师弟，我去杀退了黄飞虎再说。”

袁鹰儿张嘴正想说话，李紫霄秋水为神的一双俊目，电也似的向袁鹰儿一扫，接过去笑道：“路师兄只管放心下堡，待愚妹预祝师兄旗开得胜，马到成功。”

这几句俗不可耐的话，出诸李紫霄口中，听在路鼎耳内，比大将军出师，皇帝亲行推毂大典，还要荣耀，还要舒服，只喜得路鼎趾高气扬，哈哈大笑道：“不是愚兄夸口，像这种鼠辈，无非到此送死而已。”说毕，举刀一挥，堡楼上擂起战鼓，一队出战壮丁排队出堡。路鼎跨上战马，押队提刀而出，到了堡外，约住队伍，一马当先，却又回头向堡上一望，只见李紫霄已飘飘若仙地立在垛口，和袁鹰儿指点官军。

路鼎想在李紫霄眼前卖露自己本领，横刀直冲垓心，大呼道：“三义堡路鼎在此。”喝声未过，官军队里闪出一匹马一员将来，提着一支长枪直奔过来。

路鼎举目一看，只见来将身躯虽然魁梧，坐在鞍上，晃晃漾漾的不稳，一看便知不济。路鼎哪把他放在心上，更懒得和他搭话，两腿一夹，直迎上前。来将似想张口，不料路鼎觌面便拦腰一刀横扫过去，慌得来将举枪迎格，无奈心慌意乱，未及一合，竟被路鼎斩于马下，路鼎正待枭取首级，官军队里一声大喝，又是一个手抡双锏的战将，飞马而出。路鼎一看来将颇为精悍，便横刀踞鞍，来个以逸待劳。

那将骤马而来，喝一声：“大胆村夫，竟敢戕杀命官，看俺取你首级!”喝声方歇，两马已交，双锏盖顶而下。

路鼎喝声：“来得好!”举刀往上一迎，格开双锏，顺着双马盘旋之势，一个独劈华山，向那将后脑劈下。那将也颇知趣，未敢翻身，一催战骑，向前一冲，避过刀锋，重又回身迎战。这样一来一往，战了几十合，路鼎杀得兴起，把一柄长杆阔锋截头刀舞得呼呼山响，逼得来将心慌意乱，原想虚晃一锏，跳出垓心，不意路鼎这柄刀力沉势猛，快捷如风，哪有脱身的地步，一个招架不住，便被路鼎拨开双锏，当胸砍入，甲破血飞，滚落马下，那匹战马却自回阵去了。

路鼎一连斩了二将，得意扬扬指着官军喝道："不济事的少叫出来送死，叫你们黄飞虎自己出来，我有话说。"路鼎喝毕，却未见官军答话，只见旗影翻动，战鼓雷鸣，一忽儿从大纛底下趋出一二百个异样服色的官军来，火光耀处，只见一队官军个个都蒙着虎皮，一律荷着倒须挠钩，远望去便像一群斑斓猛虎。

这群虎皮兵出队以后，又是一个高大的虎皮军弁，双手捧定"黄"字帅旗，飞也似的抢出阵来，将到路鼎相近，帅旗向旁边呼呼一摇一摆，猛可里霹雳般一声巨吼，从旗影下突然飞出一员步将，倒拖着一条黄澄澄粗逾核桃的熟铜溜金棍，一现身，便一个箭步蹿近路鼎马前，举起铜棍向马头砸下。这一下势如疾风暴雨，锐不可当！

路鼎眼光正注在那面帅旗上，想不到旗后隐着一员步将，人还未看清，猛孤丁地便赶上前来。换了别个，这一下马头先来个稀烂，幸而路鼎究是惯家，胯下也是名马，向后略一退步，横刀一格，当的一声，火星四迸，总算把棍扫开。这一碰一格，两下里都明白对方兵器膂力势均力敌，却不料那员步将凶悍异常，一看当头一棍砸不了人家，立时改变花样，嗖、嗖、嗖，左一个枯树盘根，右一个乌龙扫地，专在路鼎马前马后、马腰马腿，乱捣乱扫，忙得路鼎左顾右盼，前挑后拨，夹着马团团乱转。

可是一个马上，一个马下，加着那员步将举步如飞，器沉势足，路鼎自然老大吃亏，一发狠，纵身一跃，跳落马背，恶狠狠提刀指着步将喝道："哪里来的蛮汉，你爱步战，咱便与你步下交手，但是好汉，须通上名来！"

那步将此时却也对面立定了，指着自己鼻子笑道："你不是要会一会黄飞虎吗？本总兵便是！我看你也是一条好汉，怎的同强人暗通声气，劫杀官军，做出埋名灭族的勾当来？”

路鼎仔细打量黄飞虎，见他矮矮的身躯，紫巍巍的面孔，却长得虎头燕颔，铁髯如猬，颇为雄伟，即大喝道：“你休听尤宝胡说，俺们清白良民，岂肯辱没祖先！你们倚势凌人，信口诬蔑，有谁见俺同强人来往，有何证据为凭？”

黄飞虎哈哈大笑道：“如果真是清白良民，还能提刀杀戮俺的部下吗？今此话暂且休提，只怨他们脓包，死不足惜。你同强人有无瓜葛，也挂在一边，现在咱们用真实本领来较量一下，你胜得了我，本总兵一概不究。如胜不了我，只有两条路，让你自择，第一条是活路，从此在我手下，做个军官；第二条是死路，便是杀身灭族。这两条路让你挑选。”

路鼎大笑道：“好好，咱就较量一下再说！”说罢，两人各自抖擞精神，酣战起来。

两人这样各逞武艺，才是棋逢对手，斗了一百多合，兀自不分胜负。堡上观阵的袁鹰儿，恐怕路鼎有失，和李紫霄带了一小队堡勇，出堡来掠阵。小虎儿也不肯落后，依然跟在李紫霄身旁，惹得对阵官军诧异非常。尤其是隐在旗门后的尤宝，看见了李紫霄，馋涎欲滴，恨不得飞马过去，抢了过来，却见李紫霄身旁立着一个棱棱的汉子，双手提着两柄西瓜般的大铜锤，便不敢冒昧，只希望黄总兵一棍打死路鼎，挥动军马杀过去，便可如愿以偿，不料他这番痴心，几乎被他料着。

原来这时路鼎和黄飞虎，又战了许久，虽然旗鼓相当，却只吃亏了手上使的是长家伙，在马上固然挥霍有余，这番下马步战，却嫌累赘。黄飞虎又是步战惯家，手上熟铜棍又是步战利器，初时并未觉得怎样，战到一百多合开外，便觉相形见绌了。

这时黄飞虎看出便宜，奋起凶威，把一根铜棍舞得呼呼山响，招招都是厉害招数，逼得路鼎渐望后退。路鼎心里一急，蓦地生出急智，故意虚掩一刀，向斜刺里拖刀败走，黄飞虎笑喝道："无知村夫，在老子面前休想用拖刀计！"

路鼎闻言暗喜，故意脚步放缓，暗地刀换左手，掏出毒镖来，蓦地一回头，右臂一扬，喝声："着！"

黄飞虎真也辣手，他虽料不着敌人拖刀计是虚，施暗器是实，却也逐步留神，一见路鼎放镖，微一停步，只举手一抄，便把迎面飞镖抄住。

路鼎见头一镖落空，正想施展连珠镖法，黄飞虎已提棍赶来。路鼎一个箭步，蹿离丈许远，正待回头放镖，不料脑后一阵寒风袭来，路鼎喊声不好，慌一低头，以为黄飞虎也施袖箭飞镖之类，低头便可避过。哪知黄飞虎惯用类似套马索一类的东西，从小练成的绝技，这种套马索，不用时藏在胸兜内，临用时只用手向胸兜一探，顺势向外一抛，便抛出五六丈长的索子，这种索子是用牛筋细发绞就的，头上绾着一个大圆圈，打着活扣，套住人和马时，只向后一抖，便把人马捆住，顺势一拉，像风筝般连扯带收，捆了过来。黄飞虎倚仗这套马索，擒降无数马上勇将，因此得了威名，此时路鼎一施飞镖，把他套索引了出来，而且出于路鼎意料之外，一低头时，当头罩下的套马索，已扣住颈项。

路鼎心里一急，反臂一刀，想把绳索砍断，哪知这种牛筋细发绞成的绳索坚韧异常，而且黄飞虎手段何等迅捷泼辣，刀方砸下，人已跌倒。原来套住脖子的活扣，经黄飞虎用劲一收，立时紧紧地扣住路鼎咽喉，这一下猛劲儿，非但咽喉被人扣住，连大气儿也几乎背了过去，想举刀砍索时，那边猛一扯，当即跌倒。

第二章　俏佳人一鸣惊人

路鼎被套马索束倒，在这危及一发当口，眼看路鼎要被官军生擒，想不到黄飞虎蓦地一声狂吼，右手甩掉套马索的皮套儿，急急捧着面孔，回头就跑；同时各人眼前一亮，宛似堡下飞起一只大白鹤，却似闪电般落在路鼎身旁。

众人急定睛看时，原来便是一身缟素的李紫霄。却见她宝剑出鞘，只随意一挥，便把路鼎项上拖着的套索斩断，路鼎这时绝处逢生，真合得上感愧交集的那句套语，一骨碌跳起身来，自己解掉项间活扣，恶狠狠便要提刀赶去。恰好袁鹰儿也自赶到，挽住路鼎道："路兄息怒，黄飞虎没占了半点便宜，反而吃了大亏，这一下已够他受的了，你看他们自己也乌乱起来了。"

路鼎不解，向官军队里一看，果见他们弓箭手在前，后面旗影翻动，也步步退去，猛想起黄飞虎为何不见。正想启问，忽见李紫霄身后转出小虎儿，拉住李紫霄衣襟问道："姊姊，你看那边装老虎吓人，想射死俺们咧，俺再赏他几下吧。"

李紫霄笑喝道："不许你胡来，快随俺回去。"说着一手拉住小虎儿，笑对路鼎说道，"今晚他们不致攻堡，同他们这样厮拼，也非了局。不如暂先回堡，从长计议吧。”说罢，和小虎儿径自姗姗回堡去了。

路鼎还想再决雌雄，经不住袁鹰儿死拉活扯，才劝住收兵回堡。好在那边官军，因为主将受伤，也不敢轻放一箭。副总兵尤宝更是明白自己不济，只调弓箭手挡住阵前，后队做前队，步步向后退去，等得路鼎收兵回堡时，官军已退下里把路了。

路鼎和袁鹰儿回到堡上来，问起：“黄飞虎正在得手，如何便吃了亏，收兵退去?”

袁鹰儿笑道：“我真佩服小虎儿，这样小小年纪，有这样智谋、这样本领，将来真不可限量。谁也料不到李老师傅留下这样一双姊弟，更想不到咱们三义堡有这样人物，而且还是出在人单丁薄的李姓家内。”

话还未完，路鼎急得跳起脚来道：“你怎的变成这样婆婆妈妈的脾气，我问的要紧话不说，老绕这大弯子做啥?”

袁鹰儿笑得跺脚道：“你且休急，听我说呀，当你下马步战时候，李紫霄悄悄对我说，断定你要吃亏，她说了这句，却向小虎儿耳边低低说了几句话。等得你们一追一赶，施展毒药镖当口，小虎儿已溜步到你们近处，你果然无暇顾及，便是黄飞虎也心无二用，小虎儿一个小孩子家，官军也注意不到。等到你吃亏跌倒，俺急得没法当口，却在那一刹那工夫，小虎儿伸手在豹皮囊中掏出两枚金钱镖，觑准黄飞虎悄没声儿以双手齐发，黄飞虎总算祖上有德，两眼没有全废，一枚着在眉心，弄得血流满面，掩脸而逃。这一下，大约黄飞虎也够受了。最惊奇的是黄飞虎掩面而逃的当口，紫霄师妹，金莲一点，便像白凤凰似的凭空飞出五六丈远，并不落地，只在半天空里再一叠劲，便飞落在你身旁了。你想这种燕子飞云纵的功夫，从来只有耳闻，并未目见，想不到出在咱们三义堡女子身上，岂不可喜？而且这位绝世无双的俏佳人，又是你的……"

路鼎一听明了来踪去迹，不待他再说下去，拉住袁鹰儿，拔脚便向堡下跑去。

袁鹰儿被他一路拉着没命地奔跑，闹得个脚不点地，外带着昏头昏脑，不明所以，路上连连问他是何意思，路鼎偏不搭理，一忽儿工夫，被路鼎拉着跑到李紫霄家门口。

袁鹰儿这才明白，呵呵大笑道："我的路爷，原来你想谢谢人家救命大恩，为何不早说明，害得俺跑得满身大汗，这是何苦呢?"

路鼎哈哈一笑，正想答话，猛见两扇短短的篱笆门内，蓦地跳出小虎儿来，指着两人憨笑道："我道是谁在俺门口失神落魄，原来是你们两人，你们来此做甚?"

路鼎慌赔着笑脸说道："小弟弟，师妹在家吗?"

小虎儿点点头，两只黑漆似的小眼珠，骨碌碌向两人看个不停。路鼎心里急于要见李紫霄，拉着袁鹰儿便向门内迈步，不料小虎儿两只小手一拦，笑嘻嘻再回手向自己鼻尖一指，道："先还我宝贝，再见姊姊去。"

两人茫然，你看我，我看你，一时答不出话来。

小虎儿一张粉搓玉琢的小脸蛋儿，顿时绷得鼓一般紧，两个小眼珠滴溜溜一转，冷笑道："唉！亏你们养得这么大，刚才的事儿，便忘记了。"边说边向路鼎脸上一指，道，"我为你失掉了两枚金钱镖，难道好意思不赔俺吗?"

路、袁两人猛然觉悟，路鼎更为惭愧，慌向小虎儿作揖道："我的小弟弟，今天愚兄真亏了小弟弟，岂但那两枚小小金钱镖赔还，小弟弟要什么东西，愚兄只要有法子想，都要送给小弟弟的。愚兄同袁兄到来，便是向师妹、师弟道谢来的，你不知愚兄心里这份感激，不是嘴上说说便能算事的。小弟弟，日子长着呢，你看着吧。”

路鼎刚说到此处，李紫霄已从屋内姗姗出来，一面同路、袁两人敛衽为礼，一面数说小虎儿道：“小孩儿口没遮拦，又向人作刁了，平日怎样说你呢?”

小虎儿一绷脸，咬着指头一蹦一跳跑到篱外去了。

路、袁二人慌打躬说道：“师弟并没有说什么，俺们来得鲁莽，乞师妹原谅。”

李紫霄一笑，引两人到了屋内坐下，笑说道：“官军虽然退去，未必甘心，今晚倒要格外当心，两位师兄怎的还有闲工夫光降呢?”

这样一说，路、袁两人格外钦服，显得自己举动躁切。路鼎心有别注，也顾不得这许多，倏地立起来，便向李紫霄裙下拜倒，真来了个五体投地。

李紫霄大惊，慌退在一边道：“师兄为何如此，岂不折杀愚妹?”

这时袁鹰儿开言解释道：“路兄在堡外交战时，顾不及旁事，收兵回堡，经俺说明，才知师妹救了他。路兄不听则已，一听到这话，拉着俺一阵风似的便跑到府上叩谢来了。”

李紫霄刚要答话，不料路鼎直挺挺跪在地上，两手乱摇道：“不是这个意思，俺今天跪在师妹面前，是有求而跪，并不是谢恩来的。”

袁鹰儿一听话风不对，心想这才是笑话，明明是谢恩，却说不是，难道有恩不谢，先来个锣对锣、鼓对鼓，死赖活扯地求起婚来吗？但是也要问问人家愿意不愿意呢，大约今天连俺姓袁的也要弄到没趣才散。

哪知袁鹰儿念头刚起，路鼎已跪在地上说出一番话来，他说："今天师妹非但救了俺路鼎一人，同时也救了三义堡一堡性命，这样大恩，岂是跪在地上，叩几个头就能算数的？再说，俺这位侠肠义胆的师妹，也不稀罕这几个头。愚兄所以百事不管，先拉着袁兄急急到此，完全为的是此后全堡老幼性命。俺们今天既然和官军破了脸，看来难以善罢甘休，将来又不知发生若何风险的事。俺和袁兄这点本领，万难济事，天幸一堡有救，俺们有这样智勇双全，强胜男子的紫霄师妹，从此以后，俺们两人和全堡壮丁都得恭听师妹号令，才能转危为安，否则全堡几百户人家，都要不堪设想了，所以俺秉着十二分诚心，代表全堡老幼，总得求师妹应允下来。师妹是巾帼丈夫，千万念着当初三姓祖先，手创三义堡的义气和英名，俯允愚兄吧！"

这一番话真说得词严情至，面面俱圆，大出袁鹰儿意料之外。袁鹰儿又惊又喜，真想不到路鼎有这一手，心里一机灵，也咕噔地跪在路鼎身旁了。

不料路、袁两人矮了半截当口，屋门外小虎儿正在偷偷地看着。两人说完，小虎儿猛地跳进屋来，朝着两人舌头一吐，扮了一个鬼脸，嘻嘻地一指道："唉……"

话未说出，李紫霄笑喝道："虎弟休得顽皮，快扶两位兄长起来。"

路鼎连连摇手道："师妹好歹看在祖先面上，应允了愚兄们，才能起来。"

李紫霄面孔一整，似带着不悦的神气，一霎时却又满面春风，敛衽为礼道："愚妹早已说过，唯力是视，否则也不到堡外助两兄一臂了，这层不必两兄求的。至于两兄要把千斤重担加在一个女流身上，这事关系何等重大，教愚妹怎敢冒昧应承，而且也不必这样举动，两兄只管照旧行事，用得着愚妹时一定效微劳便了。"说完了又对小虎儿道，"虎弟快请两兄起来。"

小虎儿一语不发，向两人中间一插身，两臂一分，一手提着一人手膀，喝一声："起来吧！"竟把两人轻轻提起。

路、袁两人吃了一惊，想不到虎儿小小年纪，膂力远胜自己，自己想赖在地上万不能够，身不由己地被他提了起来。

路鼎厚着脸，兀自千求万求要李紫霄统率全堡。

李紫霄笑着请两人坐下，然后笑道："依愚妹见，咱们要抵抗黄飞虎这支兵马，却也容易，就怕事情闹大，弄假成真，牵动别处官军，接二连三地来薅恼，那时节众寡悬殊，有通天本领也难以在此安身。现在咱们千万不要小题大做，总要从息事宁人方面着想。"

袁鹰儿道："黄总兵这人脾气，到死也不服输的，又加上尤宝从中挑拨是非，事情已到这样地步，还有什么和解的法子呢？"

话未说完，忽然门外火光熊熊，人声嘈杂，抢进几个壮丁，提着火把，喘吁吁报道："俺们各处寻不着堡主和袁爷，原来在此。"

路、袁慌问道："有何急事？"

壮丁道："堡后又来一支兵马，打着塔儿冈旗号，为首一个凶脸大汉，骑着马，直叩堡门，口称探得三义堡被官军围困，特来助阵，又说堡主出来，便能认识等话。"

路鼎大喜道："事已到此，索性同他们真个联合起来，便不惧官军了，待我出去见见来人是谁。”说毕，便向李紫霄告辞。

李紫霄蛾眉微蹙，似想说话，忽又咽住。袁鹰儿一时心乱如麻，也说不出所以然来，只好任路鼎去了。

李紫霄和袁鹰儿送了路鼎出屋，重又回转屋内。

李紫霄便向袁鹰儿问道：“塔儿冈离此不远，却不知为首何人，有多少人马，平日怎样规模？”

袁鹰儿道：“说起塔儿冈强徒啸聚已不止一二年，塔儿冈周围四十余里，重山叠岭，路径险仄，天生是绿林潜伏之所。现在为首的绰号叫作翻山鹞，原是逃军出身，武艺颇不弱，手下很有几个骁勇头目，其中有一个绰号黑煞神，一个叫过天星的，本领最高，是翻山鹞的左右臂膀，统率着一两千喽啰，在塔儿冈四面要口，设有关隘，布置得铁桶一般。平时翻山鹞本人仰慕路兄，曾经到咱们堡中来过几次，俺也见过他，虽是绿林，却也长得堂堂威武，咱们路兄同他还很说得上来，这次俺们为了他们的事，殃及池鱼，大约他们探得官军消息，过意不去，所以派人来助阵了。但是这样一来，尤宝诬蔑我们的话，反而坐实了，这时俺真心乱如麻，想不出怎样对付才好。师妹智勇出众，定有高见，趁此要紧当口，千万求师妹想个万全之策才好。”

李紫霄毫不思索地说道：“这时哪有万全之策，官军方面已是有嘴难分，塔儿冈方面又明目张胆地赶来助阵，当路兄匆匆出门时，愚妹本想说话，因路兄走得慌忙，不曾说出，此刻袁兄问到筋节儿上，不由愚妹不说了。不瞒袁兄说，今天的局面，在二年前，先父在世时，早已料及了。”

袁鹰儿茫然不解，怔怔地望着李紫霄问道：“这事真怪，李老师傅怎能料到死后的事呢?”

李紫霄黯然道:“说破一点不奇,先父在世时常对愚妹说,自从路、袁、李三姓创设三义堡以后,足足过了百把年太平世界。朱元龙一统江山以后,直到现在,中间不过百余年政通人和,可是天下没有长安的道理,在上面的,一代不如一代;在下面的,自然也一年不如一年。你看近年天灾兵祸,接连而至,奸臣朋党络绎而兴,都是由盛而衰的坏现象。

“就眼前说,咱们三义堡在太平时,真可算世外桃源,到了现在,却正居豫、晋、陕三省险要用武之地,为兵家所必争,以后哪有好日子过?为堡中三姓子孙着想,到了乱世没有道理可讲时候,只有全堡迁地避乱,如果子孙有特出人物,部勒群众,做一个海外扶余,再进一步,也不妨待时应变,由保身保乡而进于报国。

“我平时留心,近在咫尺的塔儿冈,形势天险,战守俱宜,倒是三义堡的一个退步,由内也可开垦出几百顷良田,最没法想,便是三姓子孙在塔儿冈自耕自织,也可苟全乱世了。上面是先父一番遗言,时时存在愚妹心上,不幸先父去世以后,便闻山上已占据了强人,最近这些日子,更是强人迭起,到处弄得兵乱年荒,果真被先父料着了,加上今天被官军一逼,咱们想再安居三义堡,已是万万不能,恰好此刻塔儿冈强人又派人来助阵,依愚妹见,不如因机乘势,暂先和塔儿冈结成犄角之势,过几天再看风色如何。万一官军逼得咱们无路可走,只有把全堡老幼迁入塔儿冈中,可是此地为塔儿冈咽喉之地,将来为屏藩塔儿冈基业起见,也应坚守此地,使省里官军,不敢轻视山寨才好。

“至于塔儿冈翻山鹞等强徒,大约都是智勇不足之辈,不是愚妹夸口，略使小技，便叫他们服服帖帖恭听两兄命令，那时咱们有了这班人马为羽翼，便可随时号召四近绿林，增厚自己势力，万一国家有事，咱们一样可以异军突起，做一番惊天动地的事业，谁敢说咱们是绿林呢？这是愚妹女流之见，袁兄你看怎样？”

李紫霄这一番话，袁鹰儿非但口服心服，而且惊奇非常，想不到平日沉默寡言的美人儿，忽然一鸣惊人，有这样胸襟，说出这样志高气壮的话来，不但保全了三义堡，而且还埋伏了将来的大事业。平日自己和路鼎虽曾有过这样意思，却没有想得这样透彻，决断得这样果敢。现在经她一说，果真非这样做去，绝没有第二条善路，看来要统率全堡和号召四近绿林，也除非有她这样本领，这样智谋不可。自己在江湖上奔走了这些年，想起来真有惭愧，听了这一席话，才豁然开朗，愁云扫尽，当下连连拍手称妙。

却在这当口，路鼎近身堡勇已奉令来请袁鹰儿、李紫霄到路宅赴席，堡勇还郑重说明：“务请李小姐驾临，有塔儿冈几位英雄在那边恭候。”

袁鹰儿笑道：“路兄未免疏忽，既然仰仗师妹，怎不亲自到此迎迓？”

李紫霄笑道：“这倒应该体谅路兄，他不明白塔儿冈来人，小妹愿不愿见面，没有把握，自己又不能分身，只好差人来了。但是小妹既然说出那番话来，两兄如果赞成，此后小妹断难深藏闺阁，说不得要替两兄分劳，今天塔儿冈来人，对于咱们三义堡关系非常重大，路兄来叫愚妹赴席，也藏着此意，愚妹只可略去小节，出乖露丑了。”

袁鹰儿大喜，真佩服她心细如发。

李紫霄又说道："袁兄，且请稍待，让愚妹和舍弟到侧屋略一更衣便得。"

袁鹰儿唯唯应着，挥手叫堡勇先回去通知路鼎，自己在外屋坐候。

半晌，忽见李紫霄换了一身玄色衣服而出。这身衣服，在别个女子身上，无非乡村的荆钗布裙，毫不足奇，但是在李紫霄身上，便觉得修短合度，纤洁绝尘，另外用一副玄巾齐眉勒额，束住一头青丝，在鬓边随意打了一个不长不短的燕尾结子，衬着一张宜嗔宜喜的俏面孔，格外显得莹润如玉，淡雅若仙。身后跟着小虎儿，梳着一条冲天杵，胸前斜挂着皮囊，还背上李紫霄用的那口长剑。

袁鹰儿一见李紫霄出来，慌立起身笑道："师妹真是细心人，恐怕一身白衣，不便进人家，特地换上青色的衣服。可是不论青的、白的，一到师妹身上，便觉飘飘绝世，那班插花衣锦的庸脂俗粉，益觉其可丑了。"

李紫霄微笑不答，便同袁鹰儿姗姗向屋外走去，袁鹰儿回头笑道："师妹、师弟都出门，怎不把家门锁上呢？"

李紫霄一笑，指着小虎儿背上宝剑道："愚妹家除掉此剑，别无长物，也不怕别人偷了东西去，再说咱们三义堡，别无杂人，两兄管理得井井有条，也可以说路不拾遗了。"

袁鹰儿一面走一面笑道："俺不信师妹这柄剑比旁的东西贵重，难道真是口宝剑吗？"

李紫霄尚未答话，小虎儿已忍不住，小嘴一撇，悄悄笑道："亏你走南闯北，活得这么大，连口宝剑都不识，还混充练家子。"

李紫霄笑喝道："小孩儿又胡说的什么？"

袁鹰儿讪讪的不好意思，顺手在小虎儿背上抽出宝剑来，立定身，细细一看，果真澄如秋水，寒若秋霜，映月生辉，鉴人毛发，不觉失声喊道："果然是口好剑，想是李老师傅的遗物。"

李紫霄道："此剑名称甚奇，剑身上面刻着'流光'二字，一面刻着'建兴二年'，都是汉隶。据先父说，'流光'是此剑之名，'建兴二年'是后汉吴国孙亮年号，确系古物。最可贵的，看表面并不十分锋利，一经运用，不但吹毛断发，而且无坚不摧，便是今天黄总兵所用的套马索，完全用发丝牛筋制成，不是俺流光剑，怎能一挥而断呢？这柄剑，先父爱若性命，因为它是俺家祖先传家之宝，先父去世，愚妹无非代为保管，等待虎弟长成，便归他保守了。"

袁鹰儿赞叹一番，依然插入鞘内，两人一路谈谈说说，已来到路家门口，只见路宅大门外，拴着几匹骏马，列着许多手持军器大汉，却不是堡勇装束，便知是塔儿冈的人物，其中也有几个堡勇，正在殷殷招待，一见李紫霄、袁鹰儿到来，慌进内通报，一霎时，路鼎春风满面直迎接出门外来，后面跟着铁塔般一个浓眉环眼的大汉。

袁鹰儿向李紫霄耳边微语道："此人便是塔儿冈的黑煞神。"

一语未毕，路鼎已抢至面前，向李紫霄兜头一揖道："师妹，惠然光降，真是蓬荜生辉，荣幸之至。"复向黑煞神一指道，"这位是塔儿冈……"

李紫霄立时接过去说道："已听袁兄说起，久仰得很。"

黑煞神未曾见过这样姿色女子，竟有点目乱心摇，举动失措，慌把双手乱拱，犷声犷气地说了几句俗不可耐的周旋语。

彼此寒暄一阵，相同入内，到大厅坐下，路鼎还未开口，袁鹰儿先向路鼎使个眼色，调到一边，把李紫霄一番高见，细细地告诉他。

在这当口，客座上只剩黑煞神和李紫霄、小虎儿三人。黑煞神原是个色中饿鬼，起初听路鼎说出李紫霄如何本领，如何一出手便打退黄飞虎，黑煞神以为这样女子，定是母夜叉一般的人物，路鼎又有意把李紫霄大捧特捧，说是敝堡一切，全仗李紫霄内中主持，便是自己，也要听命于她。黑煞神原是联络三义堡来的，当然力求拜见，路鼎也要倚仗着李紫霄本领，抬高三义堡英名，两下里一凑，便派心腹堡勇竭诚邀请，还怕李紫霄不来，想不到他离开李家，李紫霄和袁鹰儿已定下大计了。

不过黑煞神一见李紫霄，原来是个弱不禁风的美貌女子，便把路鼎高抬的话，当作有意吹牛，又动了色迷，此刻相对之下，趁路鼎离座，未免言语之间露出轻薄来，一时忘其所以，涎着脸，借着献茶为名，竟想挨近前来。不料刚一抬身，哈着腰，双手捧起茶盌，猛听得当的一声响，手上茶盌无故四分五裂纷纷掉落地下，整杯滚热的茶，飞溅了一脸，闹得个颈粗脖红，手足失措，而且杯片掉地，其声清脆，惊得路鼎、袁鹰儿，慌慌跑来，还以为黑煞神粗手粗脚，偶尔失手，慌命人将脆裂瓷片扫过一边，却没有留意到小虎儿在一旁暗暗冷笑。

李紫霄却依然谈笑自若，毫不理会。黑煞神难以为情之下，还疑心自己指劲太大，茶盌太薄，其实他没有留神地下碎瓷片中，还有一枚小小的金钱镖，也被下人们扫在垃圾堆内了。这一来，小虎儿连前一共损失三枚金钱镖了，一厅的人，只有李紫霄看得明明白白，暗暗好笑，心想这一下警告，黑煞神居然尚未觉察，如果再做出下流样子来，说不定自己要给他一个厉害看看了。

这时，路鼎、袁鹰儿已有了主儿，却已扫除浮文，和黑煞神谈起正经来了。

照黑煞神意思，便要当晚会同三义堡人马，攻上前去，索性杀得官军片甲不回，一了百了。袁、路两人却是仔细，说是且看今晚官军有无动静，明日再做理会。当下吩咐厨下，摆设盛筵，款待黑煞神，谢他助阵厚意，一面也算向李紫霄姊弟道劳。

酒席摆上，依次入座，自然上面首座是黑煞神，次座是李紫霄和小虎儿了。李紫霄在平日深藏不露时节，虽然是个深闺弱女，不要说同绿林人物坐在一起喝酒，便是路宅一个大门，也休想她抬头一看，但是今天一显身手，和侃侃表示一番计划以后，同以前截然换了一个人了，虽然一样妩媚多姿，却落落大方，一扫儿女羞涩之态，席上杯筹交错之间，从容应酬，处处中节，这其间乐杀了路鼎，想不到黄飞虎一来，倒成全了自己和她容容易易地接近了。

路鼎本人虽无眷属，家内也有不少女眷，听得李紫霄忽然露出绝大本领，而且踏进门来，和陌生男子一块儿喝酒，也算得一件稀罕事儿，一齐偷偷躲在大厅屏风窥探，而且都知道路鼎这几年，痴心妄想，全为的是她，益发要看看他们两人在席上怎样调色，岂知席上乐兴大发的，不止路鼎一人，还有高踞首座近接芳邻的那位黑煞神，也乐得迷糊了。

原来黑煞神打碎茶盌以后，还不死心，此刻美人儿坐在自己最近的第二位上，香泽微闻，脂香若即，又加上酒为色媒，几杯落肚，狐狸尾巴又要显露真形了。他两只野猫眼珠，被黄酒一灌，红丝密布，怪眼圆睁，直勾勾只管向李紫霄直瞧，他看得李紫霄面前一只酒杯内，点水不沾，便怪声怪气地催李紫霄干杯，形状非常难看。路、袁二人恐怕李紫霄着恼，慌用话打岔，无奈黑煞神是个蠢物，只管向她兜搭，哪还有心情理会别人？

这地方李紫霄真也来得，依然有说有笑，益发逗得黑煞神魂离魄散，心里一迷糊，倏地立起身，在席面上抢起一把酒壶，涎着脸，挨近李紫霄，嘴里疯言疯语的，逼着李紫霄快干了面前杯，意思之间，还要敬她三杯。

这一来，路鼎勃然大怒，正想发话，猛见李紫霄身子并不动弹，只微微一笑，伸出纤纤玉指，向黑煞神执壶右臂，轻轻一按，笑说道："不劳劝酒，且请你安静一会儿。"

这一下，黑煞神乐儿可大发了，腰儿哈着，壶儿捧着，眼珠儿瞪着，依然板着一副尴尬面孔，留着半身小丑丑相，却把这副身架，端得纹丝不动，宛如木雕泥塑，可是面上由黑变黄，由黄变青，满头迸出黄豆大的汗珠儿，一粒粒直滴落下来。

第二章　女英雄收服莽英雄

路鼎由怒变惊了，袁鹰儿由惊转喜，都瞧着黑煞神这副怪相，弄得变貌变色，唯独小虎儿拍手大笑。

袁鹰儿啧啧称赞道："师妹本领，真无人可及，谈笑之间，施出点穴功夫，而且点得又准又确，恰到好处，非内家功夫真有心得，绝难办到的。"

这时路鼎虽也怒恼黑煞神亵渎自己爱人，可是自己是主人，又关系着塔儿冈情面，慌离席向李紫霄连连长揖，替黑煞神求情。

李紫霄笑道："这种混账东西，让他难受一忽儿，使他明白我们三义堡连一个妇女也不能欺侮的。"

袁鹰儿也笑道："师妹，暂且饶他初犯，我们看在塔儿冈寨主面上，宽恕他吧。"

二人左说右说地一阵讨情，其实黑煞神听得出、看得见，肚内也是明白，只苦整个身子已不由自主，非但出不了声，连动一动都不能。他这才明白李紫霄不是好惹，幸而点的是麻痹穴，还不至有性命之忧，但是这副怪形状，也够看半天的了。正在哑急，却听得李紫霄冷笑道："愚妹今天若不顾全两家大体，和两兄情面，定要追取他的狗命。现在姑且饶他初犯，下次再有这样行为，撞在愚妹手上，不要怨俺心狠手辣。”

路、袁两人慌诺诺连声，称谢不止。

李紫霄一抬身，先从黑煞神手上夺下酒壶，随手向他后脑一拍，说也奇怪，黑煞神铁塔似的身躯，经不起这一拍，立时“啊哟”一声，全身打了一个寒噤，便直挫下去。李紫霄又随手向他肩上一按，端端正正坐在椅上，黑煞神却耷拉着脑袋，兀自说不出话来。李紫霄趁此立起来，拉着小虎儿走下席来，向路、袁二人道：“妹已叨扰，即此告辞。”

路鼎不敢强留，再三道歉，袁鹰儿却看得黑煞神兀自垂头耷脑，不知李紫霄真个能救过来没有，向黑煞神一指道：“此人怎的还是如此?”

李紫霄笑道：“不妨，少待一会儿，便能复原，妹不便在此，教他自己警觉便了。”说毕，扶着小虎儿肩头，姗姗向外走去。

路、袁两人恭送如仪，直送到大门外，李紫霄却在有意无意之间，回眸一笑。这一笑，袁鹰儿并无感觉，只路鼎领略温馨，宛如甘露沁脾，百体俱泰，直至李紫霄走得不见身影，兀自引颈痴立。

袁鹰儿笑道：“路兄赶快努力，真个能得这样巾帼英雄，白头偕老，这份福气，也就无人及得了。”

路鼎一转身，向袁鹰儿深深一揖道：“全仗大力成全。”

两人说笑着，回到厅来，一看席上空空无人，不知黑煞神到何处去了。路鼎大惊，慌问侍候酒席的壮勇。

壮勇回答道：“两位堡主送客出去当口，黑煞神蓦地如梦初醒，面上似羞似怒，一顿脚，立起身，指着厅外说了一句‘不报此辱，誓不为人’，便跳出厅外，一拧身，飞上屋檐，眨眨眼便不见踪影了。俺们不敢拦他，正想报知，恰好两位堡主进来了。”

路、袁二人听了这话，面面厮看，作声不得。袁鹰儿更是满脸愁容。路鼎恨道：“这人太无礼了，自己不够人味，反恨人耻辱他，再说我们并没有亏待他，怎的不辞而别，径自逃走了？”

袁鹰儿道：“这倒不然，黑煞神是个草包，他偏在我们送客当口，恢复过来，一看席上无人，以为我们串通一气，有意羞辱他，所以恼羞成怒跺跺脚就走了。这一走，定必瞒住自己短处，在翻山鹞面前挑拨是非，翻山鹞也是有勇无谋的角色，说不定又要闹出事来，这一来岂不把我们计划满盘推翻另生枝节吗？”

路鼎经袁鹰儿这样一说，也是双眉深锁，连连摇头。

袁鹰儿忽然向旁立壮勇吩咐道：“你去看门外黑煞神带来的人马，有无变动，快来回话。”

壮勇领命去讫，路、袁二人也无心再入席，命人撤去，就在厅上商量办法，谈不了几句话，忽见小虎儿飞步进来，拉着袁鹰儿在耳边低低说了几句话，回头就跑。袁鹰儿想再问几句，小虎儿脚步飞快，已跑得无影无踪。

袁鹰儿慌立起身，拉着路鼎向门外直跑。

路鼎慌问：“甚事？”

袁鹰儿匆匆说了句“到后便晓”，只一个劲儿催着快走，两人像弩箭离弦似的飞奔了半里把路，正是李紫霄住屋相近所在，一片人迹稀少的荒林。两人来得匆忙，没有带着火种，幸而一轮明月，当头高照，依稀看出，林外立着一个小孩，不住地向两人招手，两人奔近一看，正是小虎儿，慌问道：“令姊何在？”

小虎儿向林内一指，两人不问所以便跑进林内，却听得一株粗逾合抱的老年枯树上，有人喊着："我的老祖宗，我的姑太太，俺黑煞神有眼无珠，得罪了你老人家，从今以后，俺黑煞神算服你了，求你高抬贵手，饶俺一条狗命吧！"

又听树下不远，似乎是李紫霄口音，喝道："你此刻也知道厉害了，你要活命，须发誓从今以后听俺号令行事，我叫你往东，你便不能往西。"

又听黑煞神没命地求饶道："俺已是口服心服了，从今以后，准听你老人家的号令，叫俺水里火里去，俺决不皱一皱眉头。俺黑煞神一生口直心直，便是鲁莽一点，你老人家高抬贵手吧，迟一息儿，咔嚓一声，俺黑煞神便交待了！"

路、袁两人听得又好气，又好笑，却又佩服李紫霄本领，真有神出鬼没之能，慌抬头向树上仔细看时，原来这株枯树，年久月深，足有五六丈高，顶上有虬干四攫，盘曲如龙，最高的一枝弩出的细干杈子内，似乎横搁着黑丛丛的东西，看情形便是黑煞神，这样高的一枝细干硬搁着黑煞神的笨重身躯，真也险到极点，而且细看手脚亓未缚住，却 动不敢动，因为四肢朝天，没有着力地方， 动，便掉下来，成为肉酱了，偶然微风飘过，枯枝上飒飒直响，吓得顶上黑煞神，哑着声儿喊救命。

这时李紫霄仗着明晃晃宝剑，从树后飘身而出，一见路、袁两人，便悄悄向他们摇手，似乎叫他们退出林去。两人不解，猛地身后有人拉扯衣襟，转身一看，正是小虎儿，低低向他们说道："你们快随我来。"说毕，拉着两人直跑出林外来，立定身，向两人说道，"我忘记一句话嘱咐你们，俺姊姊本对我说，叫你们不必进林，叫我在林外候着你们，陪到俺家去，等候姊姊事毕到来，有要紧的话和二位说。俺几乎误了事，你们快随俺家去吧。”说毕，便拉着两人直奔李紫霄家中。

袁鹰儿猛然觉悟李紫霄用意，知道李紫霄预备收服塔儿冈一班人物，看准黑煞神是个莽夫，恩威并施，先把他收服下来，然后于中行事，这样一看，可见李紫霄用心之深。

原来李紫霄和小虎儿离了路家慢慢行去，偶一回头，蓦见路家围墙上，立着一个大汉，四面狼顾，借着月光，看出是黑煞神的形状，略一凝思，便知他恼羞成怒，不安于席了，秋波一转，顿时计上心来，在小虎儿背上解下宝剑，束在自己腰间，又低低嘱咐了小虎儿几句话，一拧身跳上沿路人家屋檐，施展轻身本领，宛似一道青烟，直飞到黑煞神相近对面屋上，猛地一声娇喝道：“夤夜跳墙，意欲何为?”

黑煞神路径不熟，正在四面乱望，想辨认自己带来人马，驻在什么地方，好下去率领出堡，连夜回山寨去，再兴问罪之师，猛不防冤家路窄，李紫霄突然在面前出现。他一份怨气可大了，也顾不得利害关系，只想拼个你死我活，泄一泄满腔怨气，当时大吼一声，拔出腰刀，纵身跳向前去，乘势用一招“乌龙入洞”，连人带刀，直搠过去，满望把李紫霄搠个透明窟窿，哪知这一搠，把一个娉娉婷婷的美人儿搠得无影无踪，而且用力过猛，搠了个空，上身一扑，脚底下便站不稳，踏得人家屋瓦粉碎，响成一片，幸而屋底下没有住人，是所废屋，否则惊动左邻右舍，必闹得天翻地覆了。

黑煞神心慌意乱，待得稳定身形，向前看时，李紫霄笑哈哈立在两丈开外一堵墙上，向他招手，逗得黑煞神眼中出火，他也不想想人家何等功夫，兀自暴躁如雷，跳向前去。

等到他跳上那堵墙时，李紫霄已翻身飘落，指着他喝道：“你有胆量敢到那面林中较量胜负吗？”

黑煞神两颗眼珠，瞪得鹅卵大，喊一声：“丫头休走，今晚你逃得天边，老子也要赶上你！”喊毕，便跳下墙追向前去。

两人紧追慢赶了一程，便到了那片树林，李紫霄倏地立定身，铮的一声，抽出流光剑，向黑煞神一指：“你有本领，尽管献出来吧。”

黑煞神哪顾高低，大吼一声，舞动腰刀，飞也似的冲将进去，哪知棋高一着，缚手缚脚，李紫霄只轻描淡写分花拂柳般同他周旋，不到几个回合，莲鞋起处，便把他腰刀踢去，再用金莲一点，黑煞神身不由已地跌躺下去，李紫霄这番却不用点穴法了，一伏身，单臂提住黑煞神腰带，一个旱地拔葱，直飞上那株枯树半腰交叉干上，提着黑煞神，一口气渡干蹿枝，直到树顶上，拣了杈丫交干处所，把黑煞神仰天一搁，更不停留，自己飞身飘下地来。

以上这番情形，路、袁两人从小虎儿口中打听出来，又亲自听得黑煞神在树上哀求口吻，自然惊喜交加。三人等了一忽儿，便见李紫霄引着黑煞神到来，看那黑煞神形态，宛如斗败公鸡，以前飞扬跋扈的神情，一点也无，一看二人在此，闹得紫涨了面皮。

李紫霄却笑说道：“咱们不打不成相识，这位黑兄端的好本领，而且性气直爽，不愧英雄本色，此后咱们都是休戚相共的人，两兄要另眼相待才是。”

路、袁二人明白李紫霄意思，慌起立相迎道：“我们正找黑兄不见，有人说在此，所以特来奉迎，诸事简慢，还要请黑兄原谅才是。”

黑煞神虽然粗鲁，众人这番周旋，他也觉悟得出来，心里异样地感激，不觉真诚流露，大声喊道：“俺有眼无珠，到此才识李小姐，英雄无敌，怪不得黄飞虎吃了苦头，便是俺山寨平日称雄道霸的翻山鹞，论真实本领，哪及得李小姐？俺黑煞神别无好处，只不会藏奸。不瞒两位说，俺从此对李小姐五体投地了，依俺主见，这一带绿林人物，哪一个及得李小姐？俺们便推李小姐为主，先占据塔儿冈做个基础，然后号召各山头，大大地干他一番，谁不听李小姐号令，俺便同他拼命。

“此刻俺已同李小姐商量好，把俺带来人马留在此地，帮助守堡，由俺一人回塔儿冈去，和翻山鹞等说明就里，叫他恭迎小姐进山，做个总寨主，此地算个分寨。这一来，哪怕黄飞虎，便是合省官军齐来，也不怕他们，而且闯祸的瓦冈山一股人马，也不由他不感激咱们。俺早知瓦冈山寨主姓马，绰号老狮狮，也是个有勇无谋之辈，不愁他不听俺们号令。事不宜迟，俺就起身回山，好歹明早准有回话。”说罢，向众人一拱手，便要趋出。

袁鹰儿暗暗欢喜，却一把拉住黑煞神笑道：“黑兄心直口快，做事豪爽，真使俺佩服，但是你一人回去，向翻山鹞去说这一番，谁知他愿意不愿意呢？他好容易创造一座塔儿冈基业，哪肯拱手让人呢？”

黑煞神大笑道：“袁兄放心，俺若无把握怎敢夸下海口？你不知俺们塔儿冈的内容，山内为首的便是翻山鹞、过天星和俺三人，俺们三人中自然要算翻山鹞本领比俺强一点，所以俺和过天星奉他为首。但是俺们三人情同手足，平日不分彼此，时常感觉塔儿冈地面又辽阔，又险要，绝不是俺们三个胸无经纬的人，可以占得长久的。平时原常物色四处英雄，想奉他为主，把塔儿冈整理得铁桶一般。无奈英雄不易得，要一个文武全才更是难上加难，万想不到真人不露相，露相不真人，李小姐这样天下无双的本领，埋没在这小小堡内。”

他这几句无心话，却把路、袁二人说得满面惭愧，但是黑煞神如何理会到，他又一伸大拇指，大声说道：“现在可被俺找着了，俺黑煞神此后卖命也值得了，两兄请想，俺主意怎么会行不通呢？”说罢，又向李紫霄高举双拳道，“李小姐暂在此地屈居一宵，明日俺们便下山恭迎。”说毕，头也不回，径自大踏步出去了。

李紫霄向二人笑道：“此人虽是蠢汉，心地倒不坏。我也不想做寨主，无非想到先父遗言，大有道理，借此代本堡父老谋个安居之地罢了。黑煞神此去成功与否，且不去管他，今晚三更时分，愚妹单身先到官军那一边一探，见机行事，或者天从人愿，就此退去官军，也未可知，两兄只顾着守碉堡好了。”

路鼎一听李紫霄要单身涉险，心里便觉非常不安，慌开口道：“黄飞虎吃过苦头，未必再来讨死，半天没有动静，或已悄悄遁走了，何劳师妹亲身窥探？师妹辛苦了一天也该休息休息了。”

袁鹰儿也说道：“路兄所见甚是，便是要探一探官军动静，也不劳师妹亲自出马，这点功劳，让与俺吧。”

李紫霄侧着玉颈，思索了半晌，微笑道：“袁兄要去，也未始不可，不过依俺猜测，黄飞虎一生不肯低头，今天阵上吃亏，在他思想，以为暗箭伤人，不是真实本领，绝难使他心服，反而怨敌似海，怎肯轻易退去？黄飞虎平日何等倔强，一息尚存，怎肯甘休，也许俺们不去，他自己也要前来探堡哩！横竖今晚咱们要格外当心才好，所以愚妹以为与其等他来，不如俺去寻他，也许一了百了，免得旷日费时，咱们还有许多正经事要办哩。”

路、袁两人都不放心她单身涉险，袁鹰儿抢着立起身来，声明立时前往，请路鼎、李紫霄看守堡中，但是李紫霄觉得袁鹰儿不是黄飞虎对手，又不便明言阻拦，心里却暗暗存了主意，叮嘱袁鹰儿探得官军动静，急速赶回，不必露面。袁鹰儿一面应着，人已出门，自己预备马匹军器去了。

这时屋中剩得路鼎和李紫霄、小虎儿三人，小虎儿可是好动不好静的孩子，没有自己的事，早已一溜烟跑得不知去向。两人相对，在路鼎心内恨不得把自己肺腑的话，立时掏了出来，无奈没有这份勇气，偷眼看李紫霄一副桃李冰霜兼而有之的面孔，益发不敢挑逗她，可是李紫霄依然大大方方，谈论些正大光明的话。

这时路鼎唯唯之间，偶然想出一些话来，问道：“师妹，在舍下被黑煞神一捣乱，酒米不沾，便回转家来，直到此刻谅已饥饿，不如和师弟仍到舍下去略进饮食，免得饿坏了身体，就在舍下等候袁兄回音也觉方便些，此后愚兄们全仗师妹策划，彼此情如手足，愚兄一点真诚，务求师妹不要见外，千万勿存客气。愚兄屡次求师妹到舍下屈居，一向未蒙允诺，其实师妹是巾帼丈夫，全堡主干，何必拘此小节。倘若愚兄早能求师妹旦夕指点，今天也不致在堡外出丑了。”说罢，一脸诚挚委屈之态不期然地流露出来，而且语气之间，似已把心中思慕之情，婉委托出，也算措词得体的了。

不意李紫霄，默然不答，只微一抬头，运用一对剪水双瞳，向路鼎面上注视了一忽儿，慢慢低下头去，顿时柳眉深锁，溶溶欲泪。路鼎大惊，以为自己说错了话，惹得她不高兴，闹得个心慌意乱，踧踖不安。

李紫霄觉察他这副神情，早已了然，不禁破涕为笑，低低说道："吾兄厚情，早铭肺腑，此刻偶然感触先父弥留的遗言，不禁悲从中来，偏又这几天被跋扈的官将，无理取闹，逼得妹子不得不出乖露丑，此后为福为祸，正未可料，所以妹一时伤感起来，请吾兄幸勿误会。"

路鼎听了这几句话，才把心上一块石头落地，而且语重情长，从来没有听到她向自己说过这样的话，立时心神大畅，如膺九锡，便想抓住这个千载一时的机会，单刀直入。正筹划好一片说辞，在心口千回百转，欲吐未吐之际，忽听得外面一队巡逻堡勇，乱哄哄吆喝而起，接着更锣响起，已报头更，小虎儿从外面也跳跃进来，乱嚷肚饿。

这一打岔，路鼎喉头打滚的一片要紧话，只得咽下肚去，接着小虎儿嚷饿的话头，抢着笑道："俺正说师妹师弟，大半天水米不沾，定已饿了，现在快随俺到舍下去，弄点可口的随意吃一点吧。俺还有许多事，向师妹求教哩。"说毕，先立起身。

李紫霄微一点头，便携着小虎儿一同回到路宅来。

路鼎陪到自己最精致一间书房内，屋内琴棋书画，色色俱全，居然也布置得古香古色。三人落座，路鼎立时指挥宅内搬出一桌精致便饭，三人匆匆用毕，已敲二更。

李紫霄道："袁兄此去，妹实在不大放心，路兄和舍弟且在此安坐，待愚妹去接应他回来。"

小虎儿嚷着也要跟去，路鼎知道阻不住她，也要伴她前去。李紫霄笑道："这样，不用争办，堡中岂可无人，路兄万不能离堡。虎弟同去，也嫌累赘。你们可以放心，俺此去自有道理，少时便回。"

说毕，转身向帐后卸下外面裙衫，露出里面一身窄窄的青色夜行衣靠，背上流光剑，步出帐外，向路鼎、小虎儿嘱咐了几句，说声再见，人已穿窗而出，不见踪影。

李紫霄仗着一身功夫，蹿房越脊，来到堡上，暗地留神守堡壮勇，似尚严密，便不惊动他们，悄悄跳落堡外，举目四眺，静荡荡的寂无一人，想是官军退得很远，一伏身，便施展夜行功夫，遵着官道飞奔前去，行不到里把路，蓦听得道旁林内沙沙一阵风声，飒然向身后飘过，霎时便寂。她走得飞一般快，虽然觉得，总以为林内飞禽落叶之类，并不深切注意，只顾向前奔去，一忽儿又走出半里多路，忽听得前面蹄声甚急，一匹马驮着一个人箭也似的由对头跑来。马跑得快，李紫霄行得更快，一来一往，霎时近身。李紫霄何等眼光，早已看清马上的人，慌立定身，喊一声：“袁兄住马！”可是人马已擦肩飞过。

袁鹰儿闻声赶紧勒住马缰，转身跑来，跳下马相见，喘吁吁地说道：“今晚事有蹊跷，俺骑马跑了二三十里路，兀自不见官军营帐，正想再探一程，忽见前道上远远奔来两条黑影，俺马已摘了铃，包了蹄，声音甚微，远一点的不易听出，不意远远奔来的两条黑影，机警异常，唰地一晃，便不见了踪影。这样益发令人起疑，俺慌拔出铜锤骤马赶去，一看两旁都是密密丛林，林外田埂纵横，岔道纷歧，恐有埋伏，不敢单独进林，却想起俺分手当口，师妹说过，黄飞虎死不甘休，也许暗地前来探堡，越觉那两条黑影鬼鬼祟祟，大有可疑，所以飞奔回来报告。想不到半途会着师妹，事不宜迟，我们赶回去吧。”

李紫霄听得吃了一惊，陡然想起道旁林内风声可疑，悔不该一心跑路，没有留意，此刻和袁鹰儿一对，照准是那话儿了，又一想堡中路鼎独木难支，小虎儿究竟年幼，暗地喊声不妥，慌催促袁鹰儿上马赶路，自己一伏身宛如一道青烟，眨眼已不见倩影。

袁鹰儿见她陆地飞腾比马还疾，自己喊声惭愧，也急急赶回堡来。飞马赶到近堡半里多路，猛见堡中红光烛天，人声鼎沸，情知堡中出了祸事，急得他没命地抽鞭飞奔。

万想不到这当口，马后又喊声动地，尘土冲天。袁鹰儿诧异之下，慌催马走到一个土坡上面，回头一看，只见远远火光如龙，四野影绰绰有无数官军，摇旗呐喊，分三路冲杀过来，这一吓，几乎吓得他滚下坡去，急急带转马头，不管路高路低，死命地赶到堡下，一看堡楼和周围土城上，也是火把照耀，标枪林立，似已得知消息，戒备得严密非常，心中略宽，匆匆敲开堡门，骤马进堡，正想先打听起火缘由，忽见前面街道上灯球翻滚，一队堡勇扛着一个四马攒蹄的凶汉，如风般地抢上堡来，后面马上督队的人，正是如花似玉的李紫霄，兀自穿着一身夜行衣靠，这时骑在马上，凤眼含威，神光四射，一见袁鹰儿刚进堡来，满脸惊惶，一抖丝缰，越队赶到袁鹰儿身边，悄悄说道："袁兄休惊，黄飞虎已被愚妹擒住，前面扛着的就是，只要如此这般，便不愁官军不退，只是愚妹迟到了一步，路兄业已受伤，指挥不得守堡人马，袁兄赶速上堡，照愚妹所说办理好了，快去，快去。"

袁鹰儿又惊又喜，来不及细问详情，高应一声遵命，急急跳下马，当先奔上堡来。李紫霄却从容不迫押着黄飞虎到了第一重碉楼上，将人马和捆缚的黄飞虎交与袁鹰儿，自己绕上土城子巡视守城壮勇去了。

第四章　施绝计将军上钩

这里袁鹰儿有了主意，胆气陡壮，吩咐举起灯球火把，将黄飞虎领进堡垛口。袁鹰儿一手挽着护身牌，一手高举铜锤，立在垛口上，向堡外一看，只见三路官军，已逼近堡下，正忙着布云梯、曳炮架，预备立时猛攻。

袁鹰儿哈哈一声大笑，高声喝道："城下小辈们听真，你们尤宝诡计在老子们面前卖弄，还差得远哩。你们且抬头看看你们主将，如果你们不知好歹，先把你们主将脑袋砍下，再和你们一决雌雄。"

这时，官军副总兵尤宝满以为黄总兵潜入堡中，业已刺死路鼎，斩关开堡，里应外合，而且约定举火为号，原已看清堡中火光四起，人声鼎沸，绝可成功，不意一逼近堡下，却看得堡上戒备森严，毫未慌乱，本已惊奇，此刻又听得袁鹰儿几句惊人的话，全军吓得个个仰头向堡上细看。

这一细看，才认清堡上当中垛口上，火把照耀之中，无数堡勇押着一位五花大绑、八面威风的黄总兵黄飞虎，而且直勾勾瞪着两只怪眼，高高地鼓着两腮，怒气填胸，只苦说不出话来。这一下只把尤宝吓得魂飞魄散，全军魄散魂飞，最厉害的雄赳赳堡勇手上十几柄雪亮钢刀，都在黄飞虎头颈上高高举着，只待袁鹰儿一声吩咐，便可剁成肉酱。

将在千钧一发当口，诡计多端的尤宝也弄得一筹莫展，却不料官军齐声大喊道：“休得伤我主将，今天的事，都是尤宝副总兵一人惹出来的，冤有头，债有主，我们情愿把尤副总兵献与你们，凭你们处治，你们放还我们主将，从此和你们解开这点结儿，我们剿我们的匪，你们守你们的三义堡；如果杀了我们主将，你们也算不了义侠汉子，俺们情愿都死在你们堡下，看你们有甚好处!”

这时众口一词，喊得天摇地动，只苦了尤宝一人，骑在马上，急得上天无路，入地无门，连他贴身两员把总，也悄悄溜开了。

堡上袁鹰儿听得官军众口同声地这样喊着，也觉黄飞虎平日很得军心，不愧是个赫赫有名的角色，便高声向下喝道：“你们不要起哄，且自压声，听我一言。”

袁鹰儿这一吆喝，比什么都有力量，下面立时鸦雀无声，仰面静听。

袁鹰儿大声说道：“我们三义堡平日安分守己，不管外事，你们何尝不明白，偏是你们副总兵尤宝歪着心肠，搬弄是非来，这是你们咎由自取，并不是三义堡得罪你们，至于你们黄将军，俺们也敬重他是个汉子，只要你们发誓不来蓐恼，不诬蔑俺们与盗通气，俺们决不难为黄将军一根毫发，但是现在黄将军已在俺们掌握之中，你们副总兵尤宝是个毫无信义的人，除他以外，你们却无做主的人，你们这样呼喊一阵，有什么用处?

“我替你们设想，你们如要保全主将性命，应该立时退到五十里外，公推几位明白事理的好汉，到俺们堡中好好商量，俺们等待你们表示真心实意，黄将军也意回心转以后，那时节，俺们自然恭送黄将军回营。至于尤宝这样东西，俺们不愿见他，依我看，你们有了尤宝，把黄将军的威名，和你们全军的荣誉，都给他一人毁尽了。”

袁鹰儿这一番话，可算得杀人不用刀，本来官军个个切齿尤宝，怎禁得加上袁鹰儿一激，只听得官军队里天崩地裂般齐声大喝，万刀齐举，一阵乱剁，立时把尤宝剁得碎骨粉身。袁鹰儿立在堡上隔岸观火，乐得哈哈大笑，却把身落陷阱的黄飞虎，气得两眼通红，火从顶出。他知道这乱子闯得不小，全营官军砍死副总兵，等于倒戈造反，罪孽通天，即使自己还有返营之日，也难以出头，如果想率军返省，除非把自己这颗脑袋，送到上司面前去。这时黄飞虎真是哑巴吃黄连，说不出的苦，其实他还不知道袁鹰儿这下毒招儿，完全出于李紫霄的锦囊妙计哩。

当下袁鹰儿一看官军砍死尤宝以后，队伍纷乱，沸天翻地地闹了一阵，忽然各归队伍，排列整齐，转身便退，渐退渐远，顿时堡下寂寂无声。

袁鹰儿正想命人去请李紫霄，恰巧李紫霄早在土城上远远看清，业已缓步而来，两个堡勇提着火把在前引路，走到堡上，便向袁鹰儿道：“官军很有训练，全军无主，居然尚能团结军心，足见黄总兵治军有法，不久当有代表全军的人到来，我们应该以礼接待，开诚商量才是。”说毕，又转身走向黄飞虎面前，敛衽施礼，微微笑道，“妾冒犯虎威，深自不安，尚乞将军原谅不得已的苦衷。现在事已到此，将军处境也非常困难，解决此事，非一言两语所能尽，且请将军屈驾路宅，妾有详情奉禀。”说毕向袁鹰儿一使眼色，袁鹰儿会意，立时命押解堡勇，把黄总兵推到堡主宅内去了，李紫霄和袁鹰儿也赶回路宅来。

原来路鼎在李紫霄出堡时节，和小虎儿两人在书房内瞎聊，小虎儿活泼不过，指东问西，滔滔不绝，路鼎又把他当作未来的小舅爷看待，想从这小孩儿口中探一点紫霄平日的性情和行为，哪知小虎儿年纪虽小，比大人还机灵，只一味胡扯，休想从他口中探出实情。

两人正讲得起劲，忽听得外面一阵骚动，大喊火起。路鼎吃了一惊，慌推窗瞭望，只见红光满天，火鸦乱飞，似乎起火所在，即在自己边宅，慌一回身，在帐钩上摘下一柄宝剑，拔出鞘来，一看房中不见了小虎儿，一时无暇理会，急匆匆向房外奔去，刚一迈步，猛听窗外霹雳般一声大喝道："村夫休走，全堡已破，走向哪里去！识时务的，快向本总兵屈膝投降，饶你一条狗命。"

路鼎一时心乱意慌，不辨真假，一伏身，随手撩过一把椅子，向窗外掷了出去。黄飞虎一闪身，路鼎遂趁势跳出窗外，更不答话，恶狠狠挺剑便刺。

书房窗外也有一座小小天井，和大厅前空地原是相连，中间只隔了一堵墙，在墙心开一月洞门，可以通走，平日却关着，只向厅内侧户通行，这时黄飞虎突如其来，何以认识路宅，竟找到书房来呢？

原来他在阵上被暗器伤了一只眼睛，又丢了一具套马索，回到营中，怒发冲天，尤宝便又乘机献上鬼计，黄飞虎报仇心急，哪顾利害，立时选了一个熟悉堡中道路，善于飞檐走壁的健卒，一同飞越土城，潜入堡内。好在路宅房子特别高大，一找就着。按着尤宝鬼计，先命跟来健卒，在宅旁四处放火，引得路鼎们出来，好乘机杀他一个猝不及防，一得手，便可斩开堡门，接应尤宝袭堡内人马。所以健卒放火当口，黄飞虎已在宅内厅屋对面照壁上伏着。

他一看厅上无人，蛇行鹤伏，来到书房外面那堵墙上，正听着路鼎和小虎儿讲话，仇人相见，分外眼红，一伸手拔出一柄二尺长的阔锋利刃，跳下墙来，隐身在天井花坛背后，外面火光一起，路鼎推窗出看，便想下手，不意飞虎倏地回身，才赶到窗前大喝一声。这时路鼎挺剑直刺，黄飞虎便舞动利刃，狠斗起来，这一场狠斗，真是性命相搏，各凭真实本领，而且在这小小天井内龙争虎斗，外面毫未得知，一半是关着那扇月洞隔墙门，一半是外面四处起火，路宅的人和随人堡勇，都奔出去救火去了，所以路鼎死命斗了许久工夫，兀自无人帮助。

这时路鼎又吃了亏，手上那柄剑平日轻易不用，无非挂在帐钩上图个好看，此刻急不择器，随手拿来，未免不甚称手，心里又以为黄飞虎既然到此，外面又四处起火，乱得不成样儿，定是官军得手，攻进堡来，未免心慌意乱，勉强支持了不少工夫，想夺路逃出门外，一看实情，无奈黄飞虎死命相扑，一柄腰刀，把自己裹得密不透风。

路鼎无法，心里一横，索性拼出性命，同他狠斗，这样又支持了半晌，黄飞虎忽然刀法一变，使出生平绝技一路地趟刀来，刀随人滚，贴着地皮，滴溜溜只绕着路鼎下三路乱转。这一来，路鼎剑法大乱，汗流浃背，猛听得黄飞虎一声怪吼，着地一长身，一个猿猴献果，健腕一翻，刀锋到了路鼎咽喉。路鼎正在全神贯注在地上，万不料有这一手，略一疏神，眼看雪亮刀光已在眼下，想反剑招架，已来不及，只可用出铁板桥功夫，望后一倒，趁势就地一滚，一个鲤鱼打挺，便想跳起身来。黄飞虎岂肯放松，在他将起未起之际，一个箭步，早到跟前，一腿起处，着实地正踢在路鼎后腰上。这一下，力量非轻，把路鼎踢起三尺多高，隆然一声，跌下来正撞在月洞上，直把那扇薄薄的木板门，撞落下来。

这时路鼎非但宝剑出手，人也跌得发昏，一时竟挣扎不起来。黄飞虎哈哈一声狂笑，怒狠狠举起钢刀，便要抢来割取首级，万不料墙头上娇滴滴一声喝道："休得猖狂，看剑!"话到，人到，剑也到。

黄飞虎人还未看清，只觉剑光如虹，已逼眼前，不禁老大吃惊，慌连连退步，瞋目横刀，大声喝道："听人传说堡中有一无礼丫头，是路鼎妻子，想必便是你了?"

李紫霄面孔一红，更不答话，玉臂一挥，剑似闪电，分心便刺。

黄飞虎白天未曾同李紫霄交手，虽然尤宝说过，总以为一个女孩子，何足挂意，此刻一看剑法出奇，慌忙留神招架。哪知两人一交上手，不到一会儿工夫，铮然一声，手上腰刀被流光剑斩成两截，这一下，真把黄飞虎吓得不轻，手上只有半截刀，哪里还敢恋战，一顿脚，便想越墙逃走，人方飞起，李紫霄金莲一点，猛觉腰里一软，一个倒栽葱跌下地来，恰好跌在路鼎身旁。

这时路鼎已缓过气来，唯有后腰痛楚不堪，一眼看见李紫霄到来，顿时精神百倍，正想挣扎起来，忽见黄飞虎从半空跌下来，滚在自己身旁，一咬牙，跳起来，骑在黄飞虎背上，举起拳头，狠命大擂。

李紫霄立在身后笑道："路兄且自休息，这厮已被愚妹点了穴道，昏迷不知了。”

路鼎闻言，慌罢手立起身来，猛觉后腰一阵大痛，宛如骨折，忍不住啊呀一声，身子一软，一屁股又坐在黄飞虎身上。

李紫霄大惊，慌扶住他臂膀，问道：“路兄受了这厮刀伤吗?”

路鼎哼哼不已，痛得说不出话，只把手向后腰乱点。

李紫霄仔细一看，明白是踢伤的，替他解下腰巾，转手便用汗巾将黄飞虎捆好，任他水鸭似的放在地上，一转身，轻轻扶着路鼎，跳进窗去，然后扶着路鼎躺在书房内一张小榻上。

这时路鼎依香偎玉，大出望外，几乎痛楚都忘记了，反而想入非非，要感激黄飞虎这番成全之德，一看李紫霄把自己抱小孩似的放在床上，便要走去，急得他一伸手拉住李紫霄，哀声说道：“师妹救愚兄的命，这是第二次了，教愚兄粉身碎骨，也报答不过来。”

李紫霄起初因为并无第三人在旁，只可从权把他送进书房内，此刻被他一拉扯，又说出这样恳切的话，不禁粉面通红，羞得别过头去，悄悄说道：“快放手，教人看见，成什么样儿?”

正说着，门外脚步声响，蓦地跳进小虎儿来，一见李紫霄，大嚷道：“姊姊回来得好，快到外面看看去，有贼人放火，已被俺弄死一个，恐怕不止一人，特地赶回来找他。”

这“他”字一出口，忽见路鼎躺在床上，大为诧异，咦了一声道：“你倒自在，竟百事不管，先高卧了。”

小虎儿这样猛孤丁地一说，连路鼎也讪讪地不好意思。

李紫霄已离床远立，向小虎儿道：“你又胡说，教你不要离开这儿，害得路兄受了伤，怎的反说人家高卧呢?”

路鼎一听李紫霄责备兄弟，慌探头抢着说道：“不要怪虎弟，只愧愚兄无能，但不知外面究竟怎样了?”

小虎儿噘着嘴道:“谁知道你们有这许多纠葛，火起时，我一看窗外通红，三脚两步跳出大门外，只见许多人都嚷着宅边左右几间马棚和草料房走了火，许多堡勇同邻舍们，都赶去救火，俺也随着跟去，先到左边马棚，已有十多个堡勇驱出牲口，将马棚拉倒，压住了火苗，再反身赶到右边，猛一抬头，看见草料房顶上，立着一个异样装束的汉子，正向四下里乱撒火种，草料房已有多处着火，那人正四面环顾，寻垫脚飞越的地方。俺知他不是好人，也不通知别人，悄悄走到近处，摸出金钱镖，两手齐发，恰幸火势正炽，人声鼎沸，也顾不到暗器飞来，竟被俺打个正着，只见他一个筋斗，跟着塌下的草屋顶葬在火窟中了。俺想这厮定是官军奸细，说不定不止一人，故而跑回来通知路兄，想不到他竟已受伤了，究竟受了谁的伤呢?”

李紫霄截住话头道:“不要紧，让他们来多少人，也不打紧，蛇无头不行，黄飞虎已被俺捆在天井内，不愁他们闹上天去。虎弟，你且在此陪着路兄，看住了黄飞虎，让俺外面去救灭了火再说。”说罢，飘然而出，半晌又走进屋来，一看黄飞虎已被小虎儿提进屋来，身上横七竖八加上好几道绳束，嘴上又塞了麻核桃，缚得像端午粽子一般，却依然昏迷不醒。

路鼎一见李紫霄进来，慌问:“外边怎样?”

李紫霄笑道:“没事，几处火，他们救得快，早已熄了，半晌没有动静，大约来的只有两人，一死一擒，自然没事了。可是黄飞虎竟敢轻身到此，定有奸计，也许官军伏在堡外待机接应，想来个里应外合，一战成功。天幸我赶回来得快，擒住了他们主将，不愁他们不乖乖地听俺们吩咐。大约天助我们成功，难得他身为一军主将，竟敢送上来受死。”说罢，便向门外喝道，“你们进来!”

原来李紫霄早定下主意，喊进几个为首堡勇，叫他们押解黄飞虎到堡上去。

路鼎不明所以，忙问道：“师妹把他押向堡上枭首示众?”

李紫霄摇头微笑，并不答言，一弯腰，啪的一掌，向地上黄飞虎后脑拍去。经她这一拍，黄飞虎蓦地大叫一声“闷煞我也”，身子一动，把眼一睁，知已被人擒住，立时两眼一闭，大喝道：“想不到俺黄飞虎堂堂丈夫，竟死在一女子手上！罢了，罢了，快拿刀来，送老子归天。”

李紫霄不去睬他，喝一声：“推出去!”

顿时走进雄赳赳的几个堡勇来，七手八脚从地上扶起黄飞虎，一阵风似的扛了出去。李紫霄也跟着出去，押队直到堡上，便半路里会着袁鹰儿了。此段情节，便是补叙路鼎受伤的事，但是在李紫霄口中说与袁鹰儿时，无非略略一提大概情形罢了。

当下袁鹰儿、李紫霄两人赶到路宅，路鼎已勉强支持着，和小虎儿坐在大厅上等候。黄飞虎却由许多壮勇押在阶下。李紫霄、袁鹰儿进厅后，大家先悄悄商量了一阵，便请李紫霄居中高坐，主持一切。

李紫霄无法推辞，坐定后，向阶下娇喝一声：“请黄将军上厅讲话!”

厅下壮勇暴雷价一声答应，推着黄飞虎拥上厅来。

众人一齐起立，李紫霄独高声喝道：“我叫你们请黄将军谈话，怎的还缚捆上来，快快松绳。”

袁鹰儿亲自抢步上前，便要替黄飞虎释缚，黄飞虎倏地单目圆睁，大声喝道："不必假惺惺这样做作，要杀便杀，绝不皱眉!"

李紫霄微微冷笑道："我们自始至终，没有亏理，要杀你也不费吹灰之力，无非念你一条好汉，你自己又说过，死在一个女子手上，似乎不大甘心。既然如此，俺们便释放你回去，再决雌雄。到了你死而无怨时，再叫你死便了。"说罢，自己缓步到了黄飞虎身边，伸出纤纤玉手，由上向下只一拂，黄飞虎身上绳束，便像刀截一般，纷纷掉了下来。

黄飞虎大惊失色，半晌瞪目不语。厅上下无数眼球，都注在他一人身上，李紫霄却俏步春风地回座了，指着黄飞虎笑道："将军，身上已无拘束，何必还待在这儿，快回去重整干戈。如果觉悟我们确系无辜，也应该率军直捣盗穴，将来凯旋，妾定恭迎虎驾，庆贺功成。"

一语未毕，猛见黄飞虎把脚顿得山响，大声喊道："罢了，罢了，俺黄飞虎一生未遇对手，想不到你是我的克星，俺死在你这位女英雄手上，确也值得，确也无怨，还讲什么重整干戈，直捣盗穴?不必羞辱，干脆请你拔剑一挥便了。"说罢，把眼一闭，脖了伸得老长，静等受死。

不料黄飞虎等了半晌，厅上厅下鸦雀无声，毫无动静，不免又睁开眼来，却见李紫霄亭亭玉立，向他敛衽为礼道："将军死在三义堡上，死得太不值得了。便是将军决计求死，俺们也不愿将军死在这儿，损俺三义堡的英名。不是妾夸口，妾这柄流光剑，专刺奸人之心，不斩英雄之首。将军权且安坐，听俺们一言。"

这时袁鹰儿早已拨过一把椅子，放在上首，复向黄飞虎一躬倒地，徐徐说道：“敝堡一番委屈，将军还未明了。请将军略坐片刻，待俺诉说苦衷，然后恭送返营。”

黄飞虎见众人这样态度，摸不着路道，挡不住袁鹰儿几句娓娓动听的话，又把他推在椅上，情不由己一屁股坐了下来，却高声说道：“你们不提此事，俺也明白，俺率兵到堡下，何尝不知尤宝别有用心，但是俺一生眼中无人，听得你们三义堡英雄无敌，存心要向你们较量较量，想不到惹出这位女英雄来，俺黄飞虎也情甘服输了。这事且不谈，承女英雄抬爱，非但不杀俺还要送俺返营，这份度量，俺黄飞虎便赶不上，但是前一忽儿，眼看你们行了绝户计，激变军心，杀了尤副总兵，尤某为人虽杀不可恕，但是俺这份总兵官衔，也从此完了。你们叫俺回去，等于把俺送到鬼门关去，与其俺死在上司手上，反不如先死在女英雄宝剑之下了，所以回营一层，今生休想。不瞒诸位说，俺黄飞虎原是绿林出身，受抚以后，大小数百战，受尽了官场龌龊，才挣得这点前程。弃掉这点前程，俺并不心痛，只俺手下近千人，却是俺一手训练出来的，一旦弃之如遗，未免心痛，这班人大半也从绿林收抚来的，没有俺统率，早晚定又散伙，回到绿林。这一来，岂不是俺黄飞虎两面不够人，除去死路一条，还有俺黄飞虎立足之地么！”说毕，一声长叹，豪气全无。

李紫霄听他说过这番话，欠身微笑道：“将军休得烦恼，俺们想不到将军也有许多苦衷，这样一来，俺也懊悔杀死尤宝了。可是事已做了出来，难以挽回，悔也无用。像将军这样本领，应该做一番轰轰烈烈的大事业，区区的总兵官，做得出什么大事，弃掉他原不足惜。至于将军部下一层，这事在妾看来，却容易办理，只要将军立志做大事业，便不愁没法安排。”

黄飞虎听出话中有话，不禁问道：“照女英雄高见，怎样安排呢?”

李紫霄笑道：“妾自有主见，现在暂且不谈，将军奔波一夜，未免过劳，我们不打不成相识，英雄聚会，大家应该披诚布腹，痛饮一场，才是我们本色。”说罢，向袁鹰儿、路鼎一使眼色。

两人会意，立时吩咐手下在厅上摆开一桌丰盛酒席，请黄飞虎高坐首席。路、袁、小虎儿三人打横坐陪，李紫霄自居主位，殷殷劝酒。

黄飞虎这时已钦佩李紫霄是个巾帼英雄，不甘示弱，居然昂然入席，暂把诸事置之度外，同众人高饮起来。饮酒之间，看得路鼎被自己踢伤，勉强支持着，未免于心不安，只可向路鼎告罪。

路鼎领了紫霄命令，不得不笑脸对待，连说已敷上秘制药散，过几天就好，不必挂心。这样由干戈变为樽酒，觥筹交错地一来，时候可已不早，眼看一宵光阴，便从这绝大波折中度过。

黄飞虎天生是豪爽之流，一生都是意气从事，被李紫霄恩威并济、旁敲侧击地一笼罩，早已堕入李紫霄手掌之中，而且在酒席之间，听出袁鹰儿在无意中说起瓦冈山、塔儿冈一带绿林，都想推举李紫霄为首，预备做一番惊人事业，不禁心里怦怦欲动，暗想朝廷奸臣当道，不久乱生，自己由绿林受抚，做了一名总兵，把自己拘束得像小媳妇一般，平日又受尽了上司的龌龊，到了目前地步，瓦冈山的强人固然剿不成，官也难以做下去，进退两难，不如仍旧还我绿林本色，也许同他们混在一块儿，倒比受上司龌龊气强些，心里这样一转，嘴上未免附和了几句。

第五章　塔儿冈与瓦冈山

其实袁鹰儿故意说出这样话来，无非领受李紫霄秘计，特地引他上钩罢了，等李紫霄察言观色，早已了然，却又故作波折，谈锋一转又转到别的上面去了，但是这席酒却已吃到夜尽天明。

正在这将曙未曙之际，忽见厅下奔上几个堡勇，报道："官军派人求见。"

李紫霄问："来了几人?"

堡勇答说："来了两个，都是便衣空手，每人只骑了一匹马。"

黄飞虎一听自己营中来了人，慌说："叫他们进来，我得问问他们。"

可是他这几句话算是白说，立着的几名堡勇仿佛没有听见一般，依然直立不动。

李紫霄接过去说道："黄总兵说得对，快叫他们进来，见见主将，也好放心。"

堡勇们立时领命趋出，一忽儿带进两个魁伟汉子，黄飞虎一看，原来就是自己贴身两员把总。那两名把总一见自己主将高居首座，谈笑甚欢，大出意料之外，一时不得主意，不知怎样说才好，却不料李紫霄倏地盈盈立起，叫人添设杯座，便请两名把总入席。这一来，两人益发踧踖不安，齐声说道：“姑娘安坐，不敢越礼。”

李紫霄笑道：“你们以为主将在座，没有你们座位吗？但是我们这儿不似你们营帐，有许多臭排场，我们讲究的一视同仁。你们到这儿，无论如何总是客，哪有客人立着，主人自顾坐吃的道理？何况你们两人，还代表着全营士卒，来此接洽正事呢？”

黄飞虎大拇指一竖，大声说道：“好一个一视同仁，来，来，来，我们从此不必拘束，就照这位女英雄的话坐下来，我有话要说。”两人无奈，偏着身直着脸，诚惶诚恐地坐下来。

两人坐定后，黄飞虎急不可耐地大声说道：“你两人来得正好，尤副总兵这一桩事，已经做了出来，在官场上自然弟兄们理亏，在我们方面讲，却是他咎由自取，死得一点不冤枉，但是我这小小前程，也和尤宝一齐死了。你们二人和众弟兄的本意，无非想用义气来换我性命，对于其中利害也许你们还不明白，对于这位女英雄本领无敌、肝胆照人，你们益发不知道，现在事情摆在面前，我干脆说一句吧，俺黄飞虎从今天起，要跟着这位女英雄另创事业了。我们共患难的弟兄们，应该怎样安排，我信服这位女英雄，定有高见，绝不致亏待你们的，你们两人且听这位女英雄吩咐就是。”

这一席话，二人听得面面厮看，万想不到自己主将竟变了心，和三义堡走上一条路，说的另创事业，又不知如何事业，越发摸不着头脑。

正在沉思间，忽听李紫霄欠身微笑道：“两位既然跟黄将军多年，将军雄迈豪华之气，当然略知一二，我们幸蒙将军虎驾亲临，得以面谈里曲，彼此心迹都释然冰解。不过黄将军因为我们砍死了副总兵，这祸却闯得不小，无论尤宝如何可恶，总算是一位命官，他的罪孽未露，忽然杀在万刃之下，叫黄将军如何发付上面官宪，势必把‘兵变’‘造反’等罪，加在弟兄们身上。黄将军身为主将，又岂能置身事外，最小的处分，也要革职听勘。那时节，你们救不了将军，将军也难以顾全你们，这一来，岂不大糟特糟？

“但是事已做了出来，像将军部下千多个弟兄们，都是身经百战的健儿，将军又是个英雄汉子，怎甘自暴自弃，也不甘心把你们一齐葬送在暗无天日的牢狱里，所以黄将军决定弃掉前程，和俺们志同道合，另创一番事业。至于这番事业，此刻暂且不提，好在大已大明，大约到了中午，你们就可明白。现在扼要说几句，请你们回去，对弟兄们说，如若全营弟兄情愿终身跟随将军，只要换去全营旗号，依然是一旅节制之师，而且从此不受官厅约束，可以凭将军大志，名震天下，否则听弟兄们自便，各奔前程好了。”说罢又向黄飞虎笑道，“妾这番愚见，将军以为然否？”

黄飞虎伸出巨灵般的毛掌，拍得山响，呵呵大笑道：“女英雄说的话，便是俺心里想说，嘴上说不完全的。你们回去便照女英雄的话，遍告众弟兄，只说俺说的好了。”

两人站起身来说道：“经这位女英雄一说，我们才明白了，俺两人可以代全营兄弟坚决说一句，我们不管前途祸福，只万众一心，跟着俺们主将。此刻俺们暂先告辞回营，可以宣布主将意旨，但是……”

李紫霄不待他们再说，便抢着说道：“此后你们旗号和饷糈军械，俺们同黄将军慢慢磋商，好在一半天便可解决，现在我们已成一家，你们回去便整顿全营人马直到堡下扎住营盘，听候黄将军出堡传令便了。”

两人领命告辞，出堡自去宣达这番意见不提。

这里黄飞虎看得李紫霄披诚相待，布置有方，大为安心，竟放怀畅饮，越谈越投机了。

酒阑席散，众人回到书房，黄飞虎还不知李紫霄想创如何大事业，私下里袁鹰儿也不敢明说，只说到了中午，大约可以揭晓。这时众人都熬了一夜，因为大事当前，各人都提起精神，毫未困倦，唯有路鼎后腰着了黄飞虎一脚，虽然敷上珍贵药品，止住了痛，精神却有点支持不住，无奈自己原是重要人物，怎敢在李紫霄面前露出颓唐神气，叫人看不起自己。他这样咬牙支撑，别人不觉，却逃不过李紫霄眼光，暗地和袁鹰儿设个计较，把路鼎扶进内宅安心休养去了。她自己携着小虎儿和袁鹰儿，在书房内陪着黄飞虎，高谈阔论，连黄飞虎在阵上弃掉的一具马索，也命人捡了出来，还给了他。

这时天色已鱼白，众人尚在谈论之间，忽听堡外号角声响，接着又是三声炮响，堡勇进来报说：“官军已在堡下扎营。”

不到半个时辰，门外銮铃响处，堡勇又领着塔儿冈黑煞神匆匆跨进房来，一进门便大声嚷道：“俺去得快，来得快，奔波了一夜，总算事情办妥了！”一语未毕，一眼瞥见黄飞虎在座，顿时闭了嘴，怔怔地瞧着李紫霄，显着诧异神气。

李紫霄和袁鹰儿已笑着起迎，李紫霄笑说道：“黑兄回来得真快，现在我先替你介绍一位英雄。”说着一指黄飞虎说道，“这位便是久已闻名的黄总兵黄飞虎将军。”又指着黑煞神向黄飞虎说了姓名。这一来，两人都愕然，一齐怔住了。在黄飞虎还不觉十分惊异，以为塔儿冈强人，既在相近，当然闻名交接，唯有黑煞神听说这人便是统率官军、剿寇打堡的黄总兵，未免觉得事情透着奇怪。两人面对面，一时说不出话来。

袁鹰儿却哈哈大笑道："难怪两位都觉诧异，此刻我来说明吧。这位黄将军原是我们道中人，一身本领无敌，白天同我们李师妹一见面，英雄惜英雄，立谈之下，黄将军痛恨官场龌龊，情愿弃掉前程，当场杀死副总兵尤宝，率领全营人马，和我们合在一起，另创事业了。"

黑煞神一经袁鹰儿解释明白，不禁大喜，立时趋至黄飞虎面前，抱拳为礼道："这才是大英雄本色，佩服，佩服！"又回头对李紫霄道，"怪不得俺一马跑来，见官军逼近堡下，却又偃旗息鼓，毫无动作，官军们还同堡上壮丁谈笑呷。俺正看得诧异，原来如此，这才明白了。"

黄飞虎也笑道："今天虽然同黑英雄初会，但是黑英雄豪爽脾气，一看便知。俺最爱这样人，以后咱们还得多亲多近。"

黑煞神大乐，握住黄飞虎手掌，紧紧地摇了两摇，笑道："这样说，俺今天又多了一个好朋友。你是带兵的官，见俺从塔儿冈来定是疑惑。不瞒你说，俺黑煞神吃亏在一生不会说谎，俺老实对你说，俺黑煞神一生不肯服人，可是对于这位女英雄的本领，实在心服口服，因此俺回山去，和俺们老大翻山鹞说明就里，恭奉这位女英雄当瓢把子，大大地干他一番。想不到老哥也合在一起，这一来，非但免除了许多手脚，我们的声势也益发雄壮了。

"昨晚俺回山去，听俺们老大说起，朝廷自魏忠贤一手掌权，奸臣满朝，弄得天下暗无天日，许多山林志士，暗地都有集合，想做点除暴安良的事业。现在俺们有这位女英雄为首，又有老哥这样英雄辅助，何愁基业不稳!”

他说到此地，紫霄笑道：“恐怕事情没有这样容易，翻山鹞许有点不甘心吧?”

一语未毕，黑煞神双手脆生生一拍道：“嘿！女英雄真是明见万里，可是翻山鹞也同俺一样脾气，眼见为真，耳闻是假，非到死心塌地不肯低头的。俺对他说了无数的话，他未尝不信，亦未尝不佩服，只是他和过天星商量好，先命俺回来恭迎女英雄们上山，他和过天星率领全山人马在山口迎接，一面在山上聚义厅摆设大筵席，款待女英雄。他这番意思，无非想当面讨教女英雄一点本领，然后才心服。但是俺心里有数，像他这点本领，比俺强得有限，女英雄上山时节，只略露一手半手，便把他吓死了。照理说，俺该提醒他，免得他当场出丑，但是借此给全山好汉看看女英雄手段，便不怕他们不听号令，再说俺山寨过天星等人，不是这样做作也不肯低头的。所以他一说，俺满口应承，规定今天午后，女英雄起马，他们率队在山口迎接。现在时已近午，女英雄也可预备起身了。应该带多少人去，留谁守堡，也趁此时分派停当，免得临时匆促，未知女英雄意下如何?”

李紫霄、袁鹰儿听得这番话，都略为思索，一时未及回答。黄飞虎倏地立起身，拍着胸脯道：“俺当年闯荡江湖，专爱干这种事，想不到今天又给俺遇上。女英雄不必踌躇，也不必多带人，只黄飞虎一人，替女英雄来个马前张保，前往拜山，便可停当。”

李紫霄笑道：“此去原替大家着想，并不是争夺江山，赴什么鸿门宴，原也不必一齐前往，只是翻山鹞心存着较量的成见，难免在大庭广众之间分个高下。人家是个一寨之主，如果面上弄得下不来，俺心里也是不安。

“此刻俺开诚布公地说一句，先父在世时，断定大明江山，不久要属他人，豫、陕、晋一带，定有一番糜烂，倘能集合失意英雄，同心合力，保守一处形势之地，开辟一所世外桃源，进可保君，退足自守，最不济也可保全数万生灵，免遭涂炭，恰好这里塔儿冈天险之区，先父弥留时，尚谆谆嘱咐继述未竟之志，所以妾久存此心，巧不过黑英雄志同道合，遂生出此事来。早晨席上妾对黄将军所说，另创大业，便是此意。其实妾一女流，毫不希望做一绿林首领，更不愿俺们志同道合的英雄，老死在绿林中，希望身在绿林，心存君国，从绿林中开出一条光明坦道来，这便是妾的区区之见。”

她这几句光明磊落的话，最受感动的是黄飞虎。

黄飞虎原是绿林出身，现在由总兵又回到近乎绿林的地方，无论如何，心里也是不好受，今听李紫霄这样一说，一夜的折腾，到此才吃下一服安心药，却把李紫霄愈发看重了。至于黑煞神，粗而且浑，发誓不了解的，何况李紫霄城府深沉，用一派冠冕堂皇的话，先把众人的心笼络起来，其实她心里主见，连袁鹰儿等也莫测高深，何况黑煞神呢？

当下黑煞神犷声犷气地附和着众人，把李紫霄抬得高高的，一力主张，多带人马，连黄飞虎部下也一齐带去，以张声势，后来还是李紫霄自己决定，只带黄飞虎、袁鹰儿和黑煞神，另外在官军中挑选三百虎皮兵，改张三义堡旗号，即在午饭后出发。小虎儿嚷着要同去，经李紫霄说了几句，才凸着嘴不响了。

饭后，李紫霄把堡中诸事安排妥帖，又命小虎儿进内宅去嘱咐路鼎几句话，便命小虎儿伴着路鼎，小心照料，一一吩咐清楚，自己略一修饰，带了流光剑，选了四匹良驹，带着三义堡旗帜，和袁鹰儿、黄飞虎、黑煞神各骑着马先到官军营中，由黄飞虎晓谕一番。官军原是绿林人物居多，这种勾当正对胃口，今见主将和三义堡一鼻孔出气，自然服服帖帖地听凭调遣。当下黄飞虎修理好套马索，带在身边，依然提着黄澄澄熟铜溜金齐眉棍，挑选了三百虎皮兵，立时跟着李紫霄向塔儿冈进发。

塔儿冈距三义堡，不过几十里路，都是盘旋曲折的山路，不能纵马放缰，未免迂缓一点。这样翻过几个山头，望见前面一座峻岭，颇为险恶，中间却有一箭路的坦道。众人一见这样坦道，立时加鞭，泼刺刺奔跑，跑到岭脚，忽见半岭土坡上，竖着一面黄旗，写着塔儿冈字样，旗下并立着四匹马，马上四个大汉，一色裹头缠腿，带弓挎刀，一见三义堡人到来，便跑下两人来，迎着李紫霄马头，高声喝道："俺家寨主，恭候多时，特命俺们迎上前来，由此进山，尚有不少路，一路都有伏弩陷坑，你们初到，地形不熟，由俺两人当先领导好了。"

说毕，死命盯了李紫霄几眼，又望着李紫霄身后一行人马，笑了一笑，便一挽马缰，当先跑上岭路。那半腰土坡上，尚并马立着两人，却一动不动，只掏出哨角般东西，含在嘴上，尖咧咧地吹了起来，大约以此为号，通知三义堡人马进山了。

李紫霄看了这番情形，回头向袁鹰儿悄悄说道："看情形难免要费手脚。"一语未毕，已远远听得一路吹着哨子，似乎是按站传递的法子。

李紫霄等跟着前面引路的两匹马，缓缓进发，又翻过了好几处岗陵，都是陡峭峻险的地方，有许多地方只马难行，大家只好下马。每一个险要地方，都设着卡子，扯着塔儿冈旗号，卡子上的人们，看得李紫霄的袅娜、黄飞虎的雄伟、袁鹰儿的精悍，人人现着诧异之色。李紫霄谈笑自若，履险如夷，愈发使塔儿冈人们奇怪得了不得。这样又过了几重峻险地方，蓦见前面现出十几丈高的一座漆黑峭壁，寸草不生，远看去活像方整整的一块秤锤子。

黑煞神走上前来，向李紫霄笑道："这里土名叫作天铸谷，这座峭壁，天生的一块整铁，塔儿冈风水，全在这里呢。"

转过这天铸谷，便是一条蜿蜒如龙的长冈，冈上磊磊块块，奇奇怪怪，都是白玉似的磨盘坚石，远望过去，好像龙身上鳞甲。

袁鹰儿笑道："这么大的一块铁采下来，打造军器，可用之不尽了。"

黑煞神两手乱摇道："这却使不得。早年山寨中也有人提议过，无奈风水所关，轻易不能乱动。"

黄飞虎大笑道："'风水'两字害人不浅，如何信得？倒是这座峭壁，正挡住塔儿冈全冈风景，好像大户人家的影壁一般，于行军上颇有关系，如守住这谷，便用红衣大炮来轰，也休想轰开。这座峭壁，真是最好的一座要塞。"

李紫霄点头道："将军所见，与妾相同，不过采用军铁，也是要着，倘然此处四近，还有煤矿可采，更是妙极了。"

众人谈谈说说，已走入一条羊肠小道，原来此处两壁中分，都是遮天蔽日的高壁，走在中间，仰着脖子望上去，只露一线天光。

这条山道，足有里把路长，李紫霄笑向黄飞虎道："有前面的天然屏障，还有这条通行小道，造物之妙，真真无奇不有，如果里面水道不绝，粮食有余，这条小道，也可说得一夫当关，万夫莫入了。但是翻山鹞在前面几处山开设了无数卡子，此地接近山寨，最是扼要所在，却又一人不设，未免太大意了。”

黄飞虎笑道：“他们懂得什么，便是俺也在这几年，才略知一二的。”

谈笑未毕，将出谷口，一阵谷风吹来，隐隐听得谷外人喧马嘶之声，那前面引路的两个骑卒，牵着马回过头来道：“走尽这条小道，便可见着俺们寨主。俺们先去通报一声，好恭迎诸位。”说毕，急匆匆跑去。

这里李紫霄悄悄向黄飞虎道：“请将军传令，拨一百名虎皮兵守住这条要道，塔儿冈的人，任他们随意进出，不过预防万一，倘有风吹草动，我们有人在此，便不愁没有退路。”

黄飞虎连连点头道：“有理，有理。”便转身拨了两名把总，一百个虎皮兵，分守山道两头，自己带了二百个虎皮兵，跟着李紫霄等缓缓行去。

一忽儿走尽羊肠小道，显出一大片广场来，四围尽是参天古木，广场对面，却是 座横亘南北的峻岭，岭上立着一座石牌坊，凿着“塔儿冈”三个斗大的字。牌坊下旗帜缤纷，戈矛林立，鸦雀无声地一一排着无数人马，把这片广场围成一个大圈，只留着天铸谷一处路口。

广场上的人们，一见三义堡旗号，从谷口招展出来，接着李紫霄一马当先，领着黄飞虎、袁鹰儿、黑煞神，和后面二百虎皮兵，像长蛇出洞般步入场心。

黑煞神早已一挽缰绳，跑到李紫霄面前，向牌坊下一指道：“请女英雄暂先驻马，他们已迎上来了。”

李紫霄抬头一看，只见五色缤纷旗下，其势虎虎地趋出奇形怪状俊丑不一的十几个汉子，为首一个生得鹰眼狮鼻，猿臂猬髯，一身劲装，外披风氅，身后紧紧跟定一老一少。老的鬓发俱白，却生成一张酒糟红面，中间一个大蒜鼻，通红发亮，光可鉴人，远看去有点像鹤发童颜，其实一脸横肉，专吃人心。那年少的细眉细目，薄耳尖腮，一路行来，和那老的交头接耳，讲个不了。其余后面许多人，高高矮矮，光怪陆离。

黑煞神先已悄悄指点给李紫霄道：“披风氅的便是翻山鹞，身后老的便是瓦冈山老狪狪，年轻的是过天星，其余全是山寨开拔出来的头目。”说毕，一转身，向前迎去，跑到翻山鹞身边，又向这边指点。

翻山鹞等紧趋几步已到跟前，李紫霄诸人慌下马相见，两面经黑煞神均先已指点明白，倒简省了许多话，翻山鹞只说了一句：“恭候多时，此地不便谈话，请诸位上岭到敝寨歇马便了。”双方一阵谦逊，翻山鹞便转身向前领导，往岭上走去，却见他撮口一呼，立时见旗帜摇动，围住广场的人马，分成左右两路，向别道上卷上高岭去了。

这里翻山鹞等领着李紫霄一行人马，由石牌坊下一条坦道上步上塔儿冈，走不到半里路，便见要路口筑着几座碉垒，垒上高竖着山寨旗号，垛口上安着几具铁炮，颇是威风。众人走过几层碉垒，越上越高，到了岭顶，才见大寨的大栅门，栅内一条很长的宽道，直达最高的岭巅，宽道两旁，整整齐齐地盖着许多瓦房，也有不少店铺。

翻山鹞直向栅门内宽道上走去，李紫霄等也跟着进了栅内，留神两旁店铺进出的人也是普通装束，女子小孩，老少都有，只每人都带着兵器，衣襟挂一支红布条，布条上似乎写着字，大约由山寨拨给，作为标志，免得奸细混入。一路走去，忽听得前面大吹大擂，鼓乐喧天，抬头一看，原来这条宽道尽头才是山寨大门，却是一座很高的碉楼，周围围着乱石墙，墙上和碉楼上刀枪密布，站满了山寨喽兵，下面寨门大开，翻山鹞、过天星、老狮狮同十余个凶悍头目，全分立两旁，躬身肃容。

李紫霄等免不得略自谦逊几句，便昂然直入，一进寨门，便是一条铺沙甬道，拾级而登，便是一座宽敞大厅，足可容纳千许人，大约就是山寨聚义之所。聚义厅两旁，接连着无数院落，一进厅内，只见上面正中一排，设着十几把兽皮交椅，左右两行，也设着无数椅子，每一把椅子后面，站立着两名抱刀卫兵，雄赳赳立着好像木雕一般。

这时黄飞虎带来的二百虎皮兵，遵着命令，已肃静无声地排立在厅阶两旁，黄飞虎、袁鹰儿紧跟着李紫霄跨进厅内，翻山鹞只领着黑煞神、过天星、老狮狮三人，陪进厅来，其余十多个头目，却分头招呼阶上虎皮兵去了。

翻山鹞等李紫霄进厅后，便请李紫霄高坐居中交椅，李紫霄从小听父亲说过拜山规矩，当然谦逊不遑。两面一阵客气，彼此便在左右两旁椅上分主客坐下，上面一排兽皮交椅却都空着。

主客坐定，翻山鹞首先开言道：“敝寨和贵堡原同邻舍一般，贵堡路堡主曾经拜识，端的英雄，这几天听说黄总兵带着官军打堡，俺气愤不过，特地差黑二弟前往助阵，想不到昨晚黑二弟回来，得知前一年过去的李老师傅膝下，有一位小姐，一鸣惊人，本领无敌。据俺黑二弟说来，非但路堡主甘拜下风，便是这一路山寨好汉，也无人及得。俺闻悉之下，高兴得不得了，这几年俺自问艺疏学浅，屡想访求一位大英雄求他上山，整顿寨基，领袖群英，万想不到踏破铁鞋无觅处，得来全不费功夫，强胜须眉十倍的李小姐，近在咫尺，俺真喜得不知如何是好，慌命黑二弟又辛苦一趟，去恭迎小姐上山，一面又把这位瓦冈山的老大哥请了来，咱们先来个小小的群英会，见识见识李小姐的惊人绝技。”说罢，两目圆睁，直注李紫霄，却又张着嘴，呵呵大笑，声震屋瓦。

李紫霄欠身微笑，莺声呖呖地答道：“紫霄是一个琐琐女子，有何本领，敢劳寨主夸赞？既蒙寨主派黑英雄助阵解围，又蒙寨主连夜相集，哪敢违命不来！偏巧敝堡路兄身子略有不适，不能亲自到此，特命紫霄等代表前来，叩谢寨主助阵美意。”说罢，盈盈起立，向翻山鹞深深敛衽。翻山鹞一面答礼，一面便命手下在聚义厅上摆设酒席。

第六章　饮血酒，举大事

他们这种酒席，却与众不同，每人面前端上一张茶几似的小桌子，一张桌子摆好一只酒杯，余无一物。

一忽儿，阶下一个凶面大汉，高喝一声："上菜!"

顿时乐声大作，厅外十几个喽兵，每人双手捧着一具木盘，装着满满一盘红烧大块牛肉，牛肉上插着明晃晃一柄尖刀，刀柄上插着一朵红鲜花，鱼贯而进，把一盘盘牛肉依次分送到各人桌上。这班人退去，又是几个喽兵，披着红绸，提着酒壶，在各人面前敬起酒来，依次敬毕，退立一旁。

这当口翻山鹞倏地站起身来，端着面前酒杯，高声说道："敝寨没有别的敬意，权请诸位英雄喝几杯水酒，聊表微忱。"说毕，自己咽的一声，把酒喝干，举杯四照。

李紫霄等只好领情，各自饮了面前酒。旁边侍候酒席的喽兵，又提着壶一一斟满。酒过三巡，翻山鹞举手拔出肉上尖刀，向各席一挥，说一声："请!"

便听得满座哧哧割肉的声音，宛如风卷残云，霎时盘盘俱空，只有李紫霄面前一盘肉，毫厘未动，一柄刀也依然直立在牛肉上，但是翻山鹞手下的过天星、老狚狚、黑煞神和几个头目，肉虽吃尽，手中一柄尖刀，却依然紧紧捏住，并不撒手，好像等候又上一盘似的。

李紫霄一双秋水如神的妙目时时贯注各人动作，看出他们执刀在手，神情有异，愈发留心翻山鹞举动，恰好翻山鹞也留神李紫霄面前一盘牛肉，丝毫未动，似乎露出鄙夷之态，以为李紫霄毕竟是个寻常女子，身体脆薄，怎吃得下这样英雄之肉，霎时眉目一动，向阶下大喝一声“收刀”，便见厅外两个喽兵扛进一块木牌来，宛似一座小小屏风，木牌有一人多高，中间画着一个精赤的人，五官四肢俱备，掌中又画出一个红圈，圈中写了一个心字。喽兵扛进这块木牌，放在离席远远的中间。

翻山鹞笑向三义堡诸人道：“咱们练武的人，三句不离本行，不比酸溜溜的先生们，在吃酒当口，行什么酒令儿，哼几句诗曲儿，俺们可干不上来，所以俺想了一个法子，弄出这样一个玩意儿来，每人吃完了肉，把手上小刀儿向那木牌上的人儿掷去，同时嘴上喝一声掷中何处，譬如嘴上喝一声‘中目’，刀发出去，果然掷中眼上，刀不跌下，便见功夫，咱们大家公贺一杯；如掷不中，或中了以后，刀仍跌下来，便罚他一杯。俺想这法子最公道不过，也可以助兴，而且这种玩意儿，有武功的人，也不甚难，大家一定乐意的。现在俺先来试一下，诸位不要笑话，看俺献丑。”一语未毕，猛喝一声，“看俺取他心肝!”就在这一声大喝中，嗤的一线白光直射木牌，当的一声响，那柄割肉的尖刀，入木三分，正插在画出的红心中间。大家不免齐声喝彩，公贺了一杯。

翻山鹞得意非常，呵呵大笑道：“快上酒来，看哪一位英雄出马，咱们好举杯恭候。”

这时黄飞虎再也忍不住了，一抬身，离开酒席，居中立定，向两面一抱拳，笑道：“俺也来试一下，但是一柄刀不够用，无论哪一位，借用几柄用用。”

袁鹰儿凑趣，慌把自己桌上一柄递与黄飞虎。

黄飞虎接过了刀，又转身走到黑煞神面前，笑道：“黑兄，你的权借一用。”

黑煞神正乐意三义堡人物献点能耐，仿佛自己面上也增光彩，一听黄飞虎改变花样，慌忙笑嘻嘻把刀送上，却悄悄说道：“将军绝艺，何消说得，尽量施展吧！”

黄飞虎微笑接过，反身直退到中间设兽皮椅所在，距离席下木牌，约有五六丈远，比翻山鹞座席所在，又远了不少。黄飞虎退到不能再退的地方，然后立定身，笑向左边塔儿冈席上说道：“俺武功浅薄，偶然凑个趣，想借花献佛，敬诸位几杯，敬得上敬不上，休得笑话。”说毕，先把一柄刀插在腰带上，两手分执两柄，突然喝一声，“看俺取他双目！”

只见他双手一扬，那边木牌上，当当两响，两柄刀不偏不倚分插在两只眼珠上，众人不由得喝起连环彩来，不料他一转身，面朝里，背朝外，拔出腰间那一柄，反臂一抡，喊一声再来一下，众人急看时，只见木牌画的人头上，三柄刀插成一个倒写“品”字，最后反背掷的，正中在嘴上。这一下，把袁鹰儿、黑煞神乐得手舞足蹈，过天星、老狪狪惊得目瞪口呆，

那翻山鹞却一手端杯，一手指着黄飞虎向李紫霄问道：“这位英雄，素未谋面，也是贵堡的人物么？”

李紫霄端坐微笑道："寨主久闻黄总兵大名，何以见面却不认得?"

这一句话，宛如石破天惊，厅上厅下，凡是塔儿冈的人，没有一个不大吃一惊的，无数眼光，都注在黄飞虎一人身上，猛听得当的一声怪响，翻山鹞手上一只酒杯，掉在桌上，幸而离桌甚近，砸得不重，没有粉碎，只把满满一杯酒，流得点滴无余。

原来黑煞神跟三义堡人马回到山寨，大家匆匆会面，无暇细说，到了厅上，大家全神都注在李紫霄一人身上，对黄飞虎全没有理会，彼此便是在岭下广场上见面时，虽经黑煞神介绍一次，无奈李紫霄早已暗嘱黑煞神，不到相当时节，不必说明黄飞虎来踪去迹，所以黑煞神在广场上给翻山鹞指点时，只含糊说了句这人姓黄便完，这时突然出现了黄总兵，在翻山鹞耳中听到"黄总兵"三字，怎的不惊，以为官军和三义堡合在一起，借机进山，抄袭山寨来了，连自己同气连枝的黑煞神，也疑惑他吃里爬外，同他们一鼻孔出气了?

这当口，厅上厅下，凡是山寨的人，除出黑煞神，个个手握刀柄，预备拼命，却听得坐在首席上的李紫霄，盈盈卓立，一双神光瑰澈的妙目，电也似的向全厅一扫，嫣然笑道："寨主休惊，诸位英雄不要误会，这位黄总兵黄飞虎，现在不是率领官兵的总兵官，却是三义堡志同道合的人了，诸位不信，请问黑英雄便晓。"

黑煞神慌也离席，笑嘻嘻向老狪狪说道："今天女英雄到此，还带一桩大大喜事来，别人还可，唯独你老哥还应该拜谢这位女英雄。"

老狪狪竖着一个高红鼻子，满脸布着惊疑之色，正想开口，黑煞神两手一摇，大笑道："你且别躁，听我细说。"接着便粗枝大叶，把黄飞虎弃官的情节，说了一遍。这一番话，听在塔儿冈人们耳中，等于吃了一席压惊酒，各人眼光，却不注意黄飞虎，只一齐注到李紫霄身上，人人心里都惊奇这样一个美人胎儿的女子，有这样了不得的本领和智谋，怪不得三义堡要唯她独尊了。

这时黄飞虎早已回到自己席上，暗地留神翻山鹞，见他听了黑煞神一席话，低头不语，一会儿又抬头打量打量李紫霄，似乎心里正打算一桩主意，猛听得李紫霄又笑道："现在诸位疑虑尽释，我们不要辜负寨主一番盛意，刚才黄将军三刀齐中，我们应该公贺一杯，以后再请哪一位英雄大显身手?"说毕，自己先举杯喝尽。

大家被她一提，如梦初醒，翻山鹞身居主席，反觉着不得劲儿，慌也一仰脖子，举杯相照，大声笑道："我们非但该公贺一杯，黄将军绝艺惊人，而且还要同贺一杯，黄将军，与我们志同道合，前程无量。"

众人齐声应道："寨主说得有理，我们多欢饮几杯才是。"

于是大家干了两杯，老狸狸吃了几杯酒，鼻子格外发光，一张脸红得像鲜血一般，配着雪也似的须眉，红白相映，非常别致，这时也离席而起，先向李紫霄打了一躬，转身又走到黄飞虎席前一躬到地，开口说道："将军弃官，原由瓦冈山而起，虽然将军豪气凌霄，弃官如遗，在俺心里，总觉抱歉，特地向将军谢罪，此后将军如有用得着俺的地方，虽死不辞!"说毕，又是一躬。

黄飞虎看他这般年纪，还有这样精神，说话也谦恭有礼，不免也周旋几句。

老狸狸说了几句门面话，又回身走到中间，向木牌一指道："黄将军连珠三刀，刀刀中的，实在无人及得，俺年老艺疏，满心想借花献佛，敬诸位几杯，无奈艺不由人，恐上不了诸位法眼，姑且借酒盖脸，玩他一下，练得好练不好，请诸位多多包涵。”

翻山鹞一见老狪狪出马，高兴得了不得，慌笑说道：“生姜老的辣，我们洗杯恭候吧！”

老狪狪且不答言，走近木牌，伸手拔下两把刀，回身走到起先黄飞虎发刀所在，却不回转身来，背着木牌，连头也不回望一望，只听他猛喝一声：“穿掌！”同时两手反腕一扬，便见两道白光，从他肩头发出，当的一声，两柄刀正插在木牌人的左右手心内，接着又听他喝一声，“穿膝！”照样又把余的两柄刀发出，整整地插在木牌人的两膝上。

众人都喝起彩来，齐说这手功夫真不易，最难得的背后无眼，怎能够得心应手，发得这样准呢。翻山鹞更是乐不可支，连说干杯干杯，于是众人又共贺一杯。

这时李紫霄喝了几杯酒，面泛桃花，益显得娇艳欲滴，神采照人，却见她笑吟吟抬身而起，指着木牌说道：“咱们饮酒作乐，却苦了这画人儿，一连吃了好几次尖刀，现在我来变个花样儿。”

众人听她要出手，精神大振，都一齐望着她，不知她变出什么花样儿来，却见她袅袅婷婷地走到木牌边，伸出玉手，把木牌上的尖刀，一齐取下，又分花拂柳地将手上的刀，一一还与本人，然后又退到木牌前面立定，向众人笑道：“木牌上画人儿苦头吃得不小，现在俺来发个慈悲，我来代替它一下。诸位不要替我担心，手上有刀的，尽管用力发出来，只当我同木牌人一样。发一柄两柄，没有多大意思，席上有刀的，尽管一齐发来，且看我是不是同木牌人一样。”

这几句说得真是惊人，而且出人意料之外，非但塔儿冈的人，以为她多吃了几杯酒，胆大妄为，连袁鹰儿、黄飞虎都有点惊疑起来，黑煞神更是不安，连连摇手道：“女英雄本领绝人，我们早已知道，何必弄出这样玩意儿来，便是要来个新鲜着儿，也有的是花样，这样举动，谁也不肯发刀的。”

在座众人个个惊疑，原也在情理之中，而且一半也怕李紫霄过于张狂，弄得没有好结果，其实这班勇夫，哪知李紫霄没有确实把握，岂肯冒昧从事？原来李紫霄此举，早已算定，席面手上有割肉小刀的，除三义堡来人外，只有翻山鹞、过天星、黑煞神、老狪狪几个人，黑煞神心服口服，名义上尚是塔儿冈的人，其实已列在自己一边，这样，能向自己出手的，只有翻山鹞等三人，这三人的武功，一望而知，满让他们一齐发刀，凭自己功夫，决尚可应付得下。当下成竹在胸，向黑煞神笑道：“黑兄万安，不是俺夸口，这几柄小刀，在俺眼中，也同纸糊的差不多，哪一位胆大英雄，快请出手吧！”

一语未毕，只听得主席上翻山鹞大喝一声：“俺先敬你一刀！”

众人大惊，急看时，只见李紫霄不离方寸，笑吟吟右手两指钳住一柄尖刀，向众人一扬道：“你们看，这种刀不是纸做的是什么？”随说随将两指一翻，那指缝里的尖刀，便像面糊似的折了过来，咄的一声成为两段，掉在地上。

这一下，把厅上厅下镇压得鸦雀无声，如果有一根绣花针掉在地上，也可听得出来，连喝彩都不敢喝出声来了，却不料黑煞神肩下一席上的过天星使出坏心眼来，他以为李紫霄此时卖弄手段，意气飞扬，定难兼顾，暗地掣刀在手，看准李紫霄咽喉用足腕力，冷不防喝声："着！"

刀光如电，只一瞬工夫，眼看雪亮尖刀上了粉脸香颈之间，说时迟那时快，只见李紫霄一退步，朱唇微启，牙齿透香，巧不巧，正把尖刀噙住，趁势玉腕一舒，执住刀柄向过天星席上一掷，娇喝一声："还你一刀！"

这一下真把过天星吓得魂灵直冒，"啊哟"一声刚才出口，只听得哧的一声，那柄刀擦着过天星头皮，直飞到身后一支大木柱上，钉在柱上，余势猛劲，来回直晃，可是过天星网巾前面一朵茨菇结儿，却已削断，掉落下来，只把过天星吓得面白唇黄，向桌底直躲，两旁的黑煞神、老狐狸也吃惊非浅，以为李紫霄要取过天星性命。

在这惊心动魄当口，猛听得翻山鹞大喊一声："好本领！"推案而出，抢到李紫霄面前，纳头便拜，口内说道，"耳闻是假，眼见为真，今天俺碰着英雄，这座塔儿冈寨基业可以稳固了！"

李紫霄见他说拜就拜，真个跪在地上叩起头来，慌忙退在一旁，连说："寨主多礼，折杀妾身，快请起来。"

一语未毕，翻山鹞腾地跳起身，向两面席上一拱手，高声说道："俺今天恭迎这位女英雄上山，原有一个大大的宏愿，便是俺平日想访求一位智勇双全的大英雄主持塔儿冈，集合绿林同志另做一番事业。凡是塔儿冈的人大约都知道，便是这位瓦冈山老大哥，也抱此心，想不到黄将军率领官军到此，倒替俺们引了这位女英雄出来，此刻见识到女英雄惊人绝艺，怪不得黄将军倾心相随，现在我们有了女英雄和黄将军，便像有了主心骨儿似的，趁此群英聚会，俺翻山鹞率领塔儿冈大小人马，情愿恭奉女英雄为总寨之主，以后悉听女英雄命令，如有不服的，便请他挺身出来，和我先较量较量！"翻山鹞话音未绝，厅上、厅下，欢呼如雷，齐声喊着愿听女英雄号令。

黑煞神更乐得手舞足蹈，向老狪狪竖着大拇指，喊着塔儿冈从此兴旺了，你那小小的瓦冈山，快趁此打主意吧。

老狪狪笑道："你且不要忙，俺自有主意，也不必忙在一时呢。"

黑煞神误会了他的意思，以为老狪狪不乐意，一赌气，回过头去，猛见过天星霍地托案跳出，高声嚷道："拣日不如撞日，俺们寨主既然虚衷让贤，便在今天奉女英雄坐上第一把交椅，有何不可？然后把三义堡、塔儿冈两处英雄合起来，排定座位，歃血为盟，咱们就可轰轰烈烈干起来了！"

翻山鹞也是急如星火的人，连说："有理，有理，咱们就摆起香案，当天盟誓！"

这句话刚出口，早有几个头目，掇去中间那块木牌，换上长案，设起香烛，中间还放了一大盆黄酒。这时闹闹哄哄，人多口杂，弄得李紫霄插不下嘴去，袁鹰儿、黄飞虎暗喜目的已达，私下一商量，索性袖手旁边，让塔儿冈人们瞎起哄。

一忽儿备齐了白鸡黑狗，当场宰割，取血滴在案上酒盆内，旁边放了一个瓢子，一面令头目伺候，诸事齐备，人语略静，翻山鹞便请李紫霄主盟。

李紫霄立在香案面前，向众人略一敛衽，然后从容说道："紫霄今天原是奉路堡主之命而来，万想不到承诸位这样抬爱，但是紫霄一女流之辈，如何担当得了大事，望诸位不必多此一举。再说大家既然志同道合，第一以义气为重，只要众志成城，向前做去，便可业成基固。"

李紫霄说到此处，话锋略顿，便听得众人轰雷般喊道："女英雄不必再谦逊了，如果这样谦让，我们没有办法，只好散伙了！”

这时黄飞虎挺身而出，抱拳说道：“女英雄这番话，全因为今天到此做客，这一来，好像喧宾夺主，其实在座英雄，都是光明磊落汉子，尤其是此地寨主，久存让贤之心，求贤若渴，才披诚相见，这种举动，俺第一个钦佩万分，如照实在情形说，在座英雄虽然各有绝艺，所学不同，但是包罗众长，智谋出众，实在要推女英雄为首。以后有许多大事，我们在女英雄领导之下，合力去做，今天香案已备，万万不要说了不算，俺劝女英雄以大义为重，不必再让，免失众人之望。”

黄飞虎这一阵劝驾，加上众人齐声附和着，李紫霄也只可点头应允。众人大喜，翻山鹞立时烧起一大股香，双手献与李紫霄，请她为首通诚。

李紫霄双手捧香，面孔一整，缓缓绕到香案前面，对着厅外，把香高举过额，默默通诚，半晌，回身插在香炉中间，又绕到香案里面，面南背北，叩下头去，盈盈起立，一挽袖，露出雪白皓腕，举起瓢匙，在酒盆内舀了一瓢白鸡黑犬和成的盟酒，一口吸干，瓢回原处，然后朗声说道：“俺既承诸位抬爱，只可暂时担当，但是俺有三件事，要当众声明，诸位如有不愿意的，也可趁此讲明，万一事后翻悔，那时节，寨规森严，须怨不得俺不懂情面。至于俺要预先声明的三桩事，也是正大光明的事。

“第一件，俺强煞是一个女流，虽然暂时忝为诸英雄之首，应该仍照翻山鹞寨主志向做去，将来倘有比俺高强的英雄到来，不论男女，俺情愿相让，决不留恋。

“第二件，咱们不是一味劫掠的绿林道，咱们取的是贪官污吏，除的是土豪恶棍，救的是忠臣义士，希望诸位同抱此心，替塔儿冈发扬声威，增加光耀。

“第三件，从今天起，不论塔儿冈、三义堡、瓦冈山一切人等，不得随意行动，凡事须秉承总寨命令而行，所有应该整顿的山规和布置的军事，以及察探外面情形的职司，俺邀集全寨诸英雄，从长规定，分派妥当，各司其事，不得混乱。

“这三件，诸位如依得，便请饮此血酒。”

众人齐声喊道：“这样正大光明的事，不要说三件，便是三百件也情愿。”

众人大声一嚷，翻山鹞便挥拳捋臂来取酒瓢，不料人丛中挤出一颗雪白头颅，一个劲儿钻到香案边，一抬头，伸手抢起酒瓢，咯的一声，便喝了一瓢，酒瓢一摔，一转身，抢到李紫霄面前，双腿一跪，咚咚叩了一阵响头，跳起身来，大声喊道：“俺率领瓦冈山五百健儿，愿奉李总寨主旗号，一言为定，俺先饮此血酒了。”

黑煞神乐得嘻着大嘴，在人缝里向老狪狪大拇指一竖，哈哈笑道：“怕你不投到女英雄门下。”

接着翻山鹞、黑煞神、过天星、黄飞虎、袁鹰儿和塔儿冈众头目，一一饮过盟酒，然后黑压压跪了一厅，行参拜总寨主大礼。

翻山鹞又吩咐后寨杀牛宰羊，重整筵席，犒赏全山喽卒，连三义堡堡勇、新降官军都有一份。这时聚义厅上李紫霄高居首座，和众好汉重整杯盘，开怀畅饮起来。

席上李紫霄和翻山鹞等商定交椅名次，彼此谦让一回，遂算定局。规定的是：塔儿冈总寨主李紫霄，寨主翻山鹞、黄飞虎、黑煞神、袁鹰儿、过天星、小虎儿，三义堡分寨寨主路鼎，瓦冈山分寨寨主老狪狪。当下名次排好。

诸事粗定，日色已渐渐西沉，照翻山鹞意思，便要打扫后寨房屋，请总寨主、黄飞虎、袁鹰儿留在寨内。经李紫霄说明，尚须回到三义堡布置一下，然后挑选新降官兵和堡勇，再回到山寨来，于是席散以后，李紫霄依然带着黄飞虎、袁鹰儿和虎皮兵下山。

这时李紫霄下山，便与上山时大不相同，全山人马，直送到山口来。李紫霄一马当先，走到天铸谷口，那守谷的一百虎皮兵，正在席地而坐，大盘酒肉喝得兴高采烈，想是寨上派人送来犒赏他们的，这时他们一见李紫霄等到来，慌忙都跳起身来，合队出谷，一出谷外，李紫霄便拦住翻山鹞等不必远送，就此暂行告别。

李紫霄一行人马回到堡中，已到掌灯时候。路鼎和小虎儿率领着堡勇，已在堡楼上候着，一见李紫霄等高高兴兴回来，心中大喜，慌忙一同迎到宅内，带来的虎皮兵自然也返营休息去了。后事如何，续集分解。

续　集

第一章　破庙中的巧遇

李紫霄在塔儿冈订血盟，塔儿冈、瓦冈山众英雄，公推举李紫霄为总寨主，三义堡、瓦冈山称为分寨，又分派好了各英雄的职司，订好了山规，这样顺顺利利地定好大局，当即率领着黄飞虎、袁鹰儿二人，回归堡中，路鼎、小虎儿一同迎入路宅。李紫霄说明经过，路鼎自然格外钦佩，小虎儿听说自己也是一个小寨主，又听得在塔儿冈席上，众人怎样大显身手，乐得跳上跳下，恨不得立时赶到塔儿冈，显一显自己豹皮囊里金钱镖。

这时李紫霄向黄飞虎道："此行总算不虚，但是俺这样抛头露脸，实非本意，此后一切布置，全仗黄将军帮助才好。"

黄飞虎笑道："俺留神翻山鹞、老猸猸等举动，倒是真心实意，我们只要秉大公做去，事情也很容易，至于调度人马，布置大寨，俺知道的，没有不尽心尽力的。"

袁鹰儿道："依我想，照师妹主意，此地算是塔儿冈分寨，却首挡官军来路，应该格外厚备实力，作为压寨屏障，堡中老弱，似乎都应该迁到塔儿冈去。师妹在堡中户口内，挑选一队强壮女子，加紧训练，作为贴身娘子军，到了山寨起居饮食，也方便一点。"

路鼎说道："袁兄想得周到，真非这样不可。"

李紫霄点头道："此层也是要着，还有一节，俺想将堡外官军，从明天起，赶连换了旗号，调到塔儿冈，再将塔儿冈喽兵拨一半到此，交由路兄加紧训练，每逢朔晦之日，将分寨人马集合广场，总检阅一天，这是关于军纪方面。至于山内开垦，饷糈支给，也要详细筹划一下才好。"李紫霄说毕，众人都极力称是。

路鼎又说道："从此师妹总揽全寨，不久即须回山，俺想身为总寨之主，第一要笼络人心，明天俺多备金帛，托袁兄带去，上上下下犒赏一番，也显得师妹雅量。"

袁鹰儿拍手道："果然应该如是。"

李紫霄却朝路鼎看了一眼，点头不语。

当下众人商议停当，就在路宅安息，以后李紫霄、黄飞虎、袁鹰儿带着新降官军和堡中父老，同到总寨，果真照预定办法一一做去，从此塔儿冈、瓦冈山、三义堡都在李紫霄掌握之中，而且整顿得日见兴旺，各处绿林，望风投奔，声威大震。官厅方面自从黄飞虎一去不回，索性装聋作哑，只求相安无事，轻易不敢擅捋虎须。河南近省一带绿林，都替李紫霄起了一个绰号，叫作玉面观音，提起李紫霄，或尚有人不识，提起玉面观音，没有人不竖大拇指。

这样过了一年多，有一天，塔儿冈集合分寨人马联合操演，路鼎带着三义堡分寨人马也来与会，操演完后，李紫霄在聚义厅上大摆筵席，款待全寨好汉。筵席散后，彼此寻友问好，互相谈心。唯有路鼎，心中有事，同众人敷衍了一阵，便急急来找袁鹰儿密谈。

原来路鼎同李紫霄的婚姻大事，被官军攻堡以后，接着李紫霄身为塔儿冈总寨主，闹哄哄的耽搁下来，偏派他主持三义堡分寨，和李紫霄分离两处，连袁鹰儿、小虎儿也被李紫霄带上山去。这一年多光阴，虽每月朔晦，大家会面，总没有提亲机会，私下同袁鹰儿商量过几次，但是李紫霄已不比从前闺阁身份，身为总寨主，内外之事，都聚在她一人身上，却生生弄得路鼎像热锅上蚂蚁一般，好容易又望到集合之日，所以酒席散后，急急来找袁鹰儿。

两人在无人处密谈了半晌，忽见两个女兵到来，说：“奉总寨主之命，叫两位寨主到后寨相见。”

路鼎大喜，暗中低声向袁鹰儿再三地求托，慌忙一齐跟女兵走到后寨来。

原来李紫霄在岭上另建一所房产，布置得幽雅非凡，一切起居饮食，全由近身女兵伺候，外面不听呼唤，不准轻入一步。袁鹰儿和路鼎来到后寨，不敢擅入，先由女兵进内通知，然后两人进去。

路鼎却未来过，细看这所房屋，全是本山石木构造，外面围着短短红墙，墙内松竹夹道，用石卵子砌成一条不长不短的甬道，两边女兵持枪鹄立。走尽甬道，才是小小的一所一明两暗的楼房，楼上为李紫霄寝室，楼下筠帘静下，寂静无声，却见一缕白烟，从竹帘缝内袅袅而出，散入空中，晃漾如丝，两人跑上阶沿，便觉一股非兰非麝的幽香，透入鼻孔，百体俱态。

帘外两个秀丽女兵，一见二人到来，卷起香帘，让两人进去。路鼎一眼看到中间画儿上，供着一个牌位，一具兽鼎，正焚着异香。

袁鹰儿指着牌位笑道：“你看师妹这份孝心。”

路鼎趋近细看，原来牌位上写着李紫霄父亲名号，慌整衣下拜，立起身来，猛见李紫霄穿着一身雅素衣裳，已在一旁冉冉回拜，口中说道：“路兄少礼。”

路鼎猛然一惊，慌又躬身向她为礼。李紫霄便请他们二人在侧室坐谈，路鼎到此还是第一遭，每月聚会总在大庭广众之间，没有李紫霄命令，不敢擅自进来，此刻蒙李紫霄传见，如逢奇遇，打量室内画几琴床，雅洁绝伦，比自己宅内书室，顿有天渊之别。但是平日千思万想，等到内室相对，反觉无话可说，每一启口，恐怕谈错了话，惹她不快，小心翼翼地坐在一边，百下里都觉不合适。幸而有袁鹰儿从旁打诨，把他局促不安的神态，遮盖不少。

其实李紫霄肚内雪亮，笑向路鼎道："路兄此地没有来过，一年光阴，过得飞快，反不如我们在三义堡，尚可常常见面。"

路鼎慌垂头恭答道："总寨主这一年整顿山寨不遗余力，其余不讲，只俺们三义堡几百户人家，迁移到此，有田可耕，有树可种，安居乐业，丰衣足食，谁不感总寨主的恩德。"

李紫霄笑道："路兄一口一声的总寨主，实在使愚妹不安，咱们通家，不比常人，在别人面前，只可照寨规做去，咱们在自己私室，何必这样称呼，以后千万不要如此。愚妹请两兄到来，便想同两兄说几句体己话，两兄如果这样拘泥，反而见外了。"

两人唯唯之间，女兵们献上香茶，李紫霄一挥手，女兵退出。

李紫霄说道："请两兄到此，原有一桩事同两兄商量。愚妹为三义堡几百户人家，谋个妥当处所，不得已出乖露丑，一半也因为先父遗言，但是一个女流，老是这样干下去，总不是事，幸而这一年多光阴，承众位英雄重视，一切进行，都也顺利，但是愚妹心上，只想早早抽身而退。"

袁鹰儿笑道："师妹现在可不比从前，一进一退，关系重大，再说也没有相当人物，能替师妹的，师妹急流勇退的念头，只可在俺们两人面前略谈，千万在众好汉面前不要露出口风，众人心志一懈，就不好办了。”

李紫霄笑道：“这一层，俺何尝不晓得，此刻愚妹忽提此事，并非口头空谈。因前几天北路探子报到，朝中魏忠贤设计陷害，坐镇辽边的统帅熊廷弼，囚在天牢内，早晚要把这赫赫威名的熊廷弼，置之死地。那位熊元帅不但熟谙韬略，便是一身武功，也是别人所不能及的。事情凑巧，昨天老狪狪带了两名军官，向本山投奔，那两位军官，便是熊元帅部下的参将，从前也是绿林中人，与老狪狪有旧，熊元帅一下天牢，部下星散，那两人还算有点忠心，想搭救故主，才投奔老狪狪求救，老狪狪又引到总寨见俺。俺想咱们的宗旨，救的是忠良义士，何况旧日常听先父说起熊元帅的本领，俺久已钦佩，因此当时已答应两人说，明日派人去设法营救，至于那熊元帅的面貌也已经问明。今愚妹意欲独自一探天牢，救出这位英雄，倘然天从人愿，把熊元帅救到本寨，请他号召旧部，定可做一番大事业。那时节，愚妹也可脱身了。所以暗地请两兄进来商量一番。”

路鼎首先开言道：“师妹近来威名远振，外面难免认识师妹，万一远行涉险，孤掌难鸣，如何是好？再说山寨里不可一日无主，此事还宜商酌。”

李紫霄道：“路兄话也有理，但是熊元帅宛如浅水蛟龙，无人救得，心实不甘。”

路鼎思索了半晌，猛然一拍手掌，笑说道：“愚兄近年来，闲得心慌，不如由俺代替师妹一行吧！”

袁鹰儿也说道：“我也有此思想，不如咱们两人暗地北上一趟。俺在三年前游历江湖，得到一种秘术，可以改换形容，此去倒用得着。俺想北京是帝王之居，戒备必定严密，断难强来，只可智取。咱们两人到了北京，寻个妥当处所，见机行事，好歹要救出熊某来。咱们两人随处可安，到底比师妹方便些。”

李紫霄大喜道：“路兄一人独行，愚妹还不放心，有袁兄同去，诸事都有照护，但愿两兄马到成功。至于那熊元帅的相貌，据那二人说，广额阔腮，颌下有一部短短的连鬓铁髯，年约五十左右，身子雄伟，又说身边常常带一个朱漆葫芦，请两兄记住了。”

路鼎道：“准定如此，事不宜迟，咱们明晨动身了。”

当下二人计议妥当，李紫霄又叮嘱再三，两人领命出来，袁鹰儿陡然记起一事，慌笑道：“路兄在甬道少候，俺还有一句要紧话，问一声师妹才好。”说毕，又匆匆反身进室，良久，良久，才见他满面春风地跑出来。

路鼎慌问：“为了何事耽搁这许多工夫？害得俺痴立了半天。”

袁鹰儿不答，拉着他三步并作一步，奔到岭腰一片松林内，才立定身，四面一看无人，向路鼎肩上一拍，哈哈笑道：“你应该怎样谢我？”

路鼎被他猛孤丁地说了这么一句，茫然不解。

袁鹰儿大笑道：“你一年来朝晚念念不忘的是什么？”

路鼎如梦初醒，一把拉住袁鹰儿问道：“难道已得到好消息么？”

袁鹰儿道：“咱们这位师妹，真非常人可及，自从你把月下老人的责任搁在我肩上，我常常留意机会说话，无奈接连发生大事，她又冷若冰霜，看不透她老人家存何主见，不甘冒昧启口，此刻咱们两人出来，俺偶然想起，这一去北方，又要把这事冷搁，拼着讨个没趣，好歹要探个口风出来，故而俺又回身进去见她。你猜她怎样说?”

路鼎急道:“定是一口应承,所以你要我谢媒了。”

袁鹰儿冷笑道:“事情哪有这样容易?我二次跨进门,她正也预备出门巡视各处去,一见我反身重进,不待我开口,便玉手一挥,凛然说道:‘你不必开口,俺早知来意,请你转告路兄,只要他救得出熊廷弼同到山寨来,使我得早早抽身,那事便好办了。’她说了这句话,径自率领女兵,从一重侧门出去了。俺始终开不了口,幸喜事有指望,她虽然没有指明,已尽在不言中,只要你此去事能成功,便可稳稳到手了。俺替你做到了这一步,已算宝塔合尖,只差一层,而且还要陪你跑这一趟远道,你自己想,应该不应该谢我呢?”

路鼎又惊又喜,慌慌兜头一揖道:“照这样看来,咱们行动,都在她眼中,但愿袁兄陪俺此去,天助人愿,请得那位熊元帅来才好。横竖俺立誓达到目的,便是跑龙潭虎穴,也要试他一试。唯望袁兄多担点辛苦,助我一臂,袁兄大恩,永不敢忘。”

袁鹰儿笑道:“想不到你们婚姻,系在天牢内的熊元帅身上,而且咱们的寨主,把这场功劳以自己身子做奖赏品,不怕你不死心塌地地去干。只苦了俺空自冒热气,也夹在中间,算什么来由呢?”

路鼎唯恐他不愿意同去,作了无数的揖,赔了无数小心,两人才暗地打点,悄悄动身。

熊廷弼是明朝捍卫边疆的经略大员,他虽是一位执掌兵符的元帅,但身怀惊人绝技,是性情豪迈的奇士,只为刚愎自雄,得罪于奸宦魏忠贤。他在辽阳败绩,完全为奸宦所造成,奸宦秘嘱奸党,军械饷糈,事事掣肘,生生把一支捍卫边疆的劲旅坑送了,并且罗织罪状,矫旨召回京城,把他困囚在天牢中。

他初尚痴望圣上有圣明之日，便可出狱，后来日子一久，知道希望断绝，他本想听天由命尽个愚忠，后来一想，这样于自己毫无益处，不如脱出天牢，除去奸宦，为民除害，自己则浪迹江湖，逍遥地游那名山高岳，做一个世外遗民。他这样决定之后，当于晚上，同四个狱卒在狱中栅内，摆了一桌酒席，大家吃了一个痛快淋漓，等到四个狱卒醉倒，他就运用内功脱卸去脚镣手铐，施展卸骨功，一偏身来到木栅外，又一蹲身便纵上屋檐，看定方向直向魏忠贤私邸奔去。

也是奸宦恶贯未尽，熊经略因出狱过迟，奸邸屋宇又广大，匆忙间竟找不到奸宦。奸邸戒备森严，一路鹿行鹤伏地四处找寻，搜寻了好久，奸宦仍未找着，却在一座高楼内，杀了一对正在暗度陈仓的狗男女，在这个时候，忽听见内外人声哄哄，卫士巡查，戒备更严，料想自己脱牢已被发现，又看天色就要天明日出，看来天命不可挽求，只有强抑恶气，走出屋来，就在僻静处，施出一个“飞燕穿帘”直蹿上屋顶，展开轻功，离开了奸宦府邸，一路蹿房越脊，向僻静地方飞奔过去。

他偶一抬头，见到了一带森林内，孤零零地有一座高而且破的寺院。他想权且飞进身去休息一回，当下跳下屋来，走进大殿，见在后面一间屋楼上透出灯光，想是有人在内，暗想自己闹了一夜，水米不沾，不如上楼去弄点水，润一润喉咙宿一宵，等到天明再做道理。

他打定主意，正想举步前进，忽然楼上有人大声喝道：“老子在此借宿几宵，看你是个出家人，不忍亏待你，见着俺们回来，一味价愁眉苦脸的，在俺面前絮叨个不休，是何道理?”

熊经略心想，在这破庙里来寄宿的人，定必不是好人，既然被我碰见，倒要看看他是何角色，想着不由得举步前进，手执着长剑，跳上楼梯，疾步跑进屋内，只见屋内坐着两个人，见那两人一张黄蜡似的面孔，两眼细得一条线似的，衬着两道似有似无的眉毛，又一律穿着大而无当的破道袍，头上包着夜行人用的包头帕。熊经略不由得看得出神，又见两人旁边，立着一驼背的老道，也是一身破道袍，拖着鼻涕，形状可怜，知是本庙的穷老道，那两人这副的怪相，定非正路，当即横剑喝道："你们两人，在此何事？"

那两人一齐惊得直跳起来，一个拔出随身的一对黄澄澄瓜形铜锤，一个在床边抢起镔铁鬼头刀，指着熊经略喝道："你且不必问我，深夜到此，手执长剑，意欲何为？"

喝着定睛看向熊经略面上，仔细地看了半天，两人自顾自悄悄地说了一阵，只见一个脸面肥胖的转脸向那驼背老道说道："老道，还不去拿茶水？"

驼背老道被两个黄脸人骂得出声不得，忽然又进来了一个雄赳赳的威武丈夫，惊得两眼愣兀兀的，呆在一旁，这时听着那黄脸人喝着要茶水，惊醒过来，当即转身走下楼梯去了。

熊经略看着二人鬼鬼祟祟，忽然间又向老道要茶水，正有点不耐烦，想要搭话，猛见两人一齐放下兵刃，突地双双跪倒，叩头说道："我公果然平安出险，真是天外之喜。"

熊经略恐防有诈，紧紧手中剑喝道："彼此素昧平生，你们所说一句不懂，天外之喜又从何来？"

那两人闻言倏地挺身而起，各自除下头上包巾，向脸上一抹，这一抹，倒把熊经略吓了一跳，只见他们两副怪脸，像金蝉脱壳般，另换了两副面孔。只见那胖脸的，换了一副浓眉大目、面如重枣的面孔，那一个却换了薄耳尖腮、露骨包皮的长相。

这时面如重枣的人拱手说道："俺们不远千里，赶到此地，原是平日钦慕经略是个好男子，受了奸宦陷害，困在天牢，特来营救的。经略麾下有两位参将与俺山上一个寨主有旧，向本山投奔求救，大家公推俺路鼎同这袁鹰儿潜踪来京，探听虚实。

"不料俺一到京，没有几天，便打听得消息不好，奸宦密布爪牙，把经略困在天牢，想下毒手，心里一急，日夜乔装到各处探听，今晚去到天牢，正想寻找经略所在，忽见天牢下面纷纷骚动，只见无数禁军，挨狱查点，像是逃了要犯似的，俺们正在疑惑，忽见几个红袍纱袍的人，低低地商量一阵，立时拉着狱官，跑出天牢，各自翻身上马，一窝蜂飞也似的奔去。

"俺们二人暗地一商量，想探个究竟，便在屋面上飞赶下去，赶了一程，远远见那几个官员，在这寺院相近的奸宦门前下马，个个躬身从角门进去了，俺们也顾不得危险，施展小巧之技，跳进府内，翻墙越脊，居然被俺们找到一所富丽堂皇的厅舍。那几个官员和天牢的狱官，直挺挺跪在地上，见那居中雕花披绣的座上，坐着一个白胖胖、疏髯细目的人，想这人定是奸宦魏忠贤，如果我们要替经略报仇，真是一举之劳，却因未见过经略的面，不敢造次。

"我们在屏风后面，一面张望，一面侧着耳细听，隐约地听得穿红袍的官儿，禀诉说，天牢内逃走熊廷弼，俺们听到这样消息，高兴得几乎忘其所以，在这时候，忽然进来许多雄赳赳的卫士，在厅中四角分站着，那时咱们藏身不住，只得悄悄退出，退到厅外只见人来人往，灯光耀目，俺两人急忙掩避，正在焦急当口，恰好奸邸内院起了风波，接着厅内奸宦率领着百官卫士，一窝蜂奔到后院去了，俺们两人趁着厅内无人，跳出相邸，奔回这寺院。现在我们既然幸遇经略，俺们这趟总算没有丢脸，咱们是由河南塔儿冈而来，奉总寨主李紫霄之命，务必请经略屈驾往河南本山一游！”

原来那两个汉子，正是路鼎、袁鹰儿二人，他们奉了李紫霄之命，奔到京城来营救囚在天牢的熊经略，他们为了掩饰形迹，寄住在这个开元寺内，他们日夜乔装去探听，终为戒备森严，无法下手。这时他们正由奸宦府邸探听回来，虽然得着熊经略已脱出天牢消息，但路鼎心中倒更怏怏不乐了。他是想自己婚姻，完全系在这位熊经略身上，今他自己脱牢而去，茫茫大地，再到何处去找，这时偏偏那驼背老道，走近身来讨取借他的两件破道袍，他们借这两件破道袍时，原说好是暂借一用，走时非但还他原衣，还得重重地酬谢他。这时路鼎正在闷闷不乐，见那老道又来面前，絮叨个不休，不禁破口大骂。在这当口，蓦见手上横着一剑，一个仪表威武的伟丈夫，大踏步进到屋来，后来定睛细看他的面貌，与李紫霄所说的相似，这时袁鹰儿也看出来了，又见他腰间挂着一个朱漆葫芦，两人越发地认定了，这才跪在楼板上叩见行礼。

这时熊经略一听路鼎说到此处，便收起宝剑，向二人拱手道：“俺正是熊某，不知两位从何处认识俺来？”

两人一听熊经略自己承认，高兴非常。

袁鹰儿接着道：“经略的相貌，俺二人离本山塔儿冈时，向二位求救的参将问明的。”说着又一指熊经略朱漆葫芦道，“经略常带一只朱漆葫芦也是两位参将说的，所以俺两人才认定是经略。”

说着与路鼎重再下跪叩见，熊经略拦不住，只好倒身还礼。三人行礼毕，彼此坐下，熊经略正想开言伸谢，忽听楼梯响动，只是那驼背老道，提着一壶茶进来。他一见熊经略同他们二人促膝坐着，不由得惊愕。

熊经略看他可怜，从怀里摸出一点碎银，随手递与他道："这两位是俺的朋友，这点银子你先拿去，替俺们置点吃的喝的，也许我们就要离开此地，到时再好好犒赏便了。"

那老道接着银子，满脸堆下笑来，连声地喊谢，转身跑下楼去。这时楼外已现晓色，寺外一片森林，隐约可见，熊经略一看天已大亮，猛想起一桩事来，慌向二人道："两位戴的假面具巧妙绝伦，未知俺可用否?"

袁鹰儿道："幸而经略一问，把俺提醒，经略此后遨游天下，正用得着这件东西。"说着在腰间掏出一瓶药来，接着又道，"俺们戴的面具，无非遮掩一时罢了，白天在街上走，到底有点破绽，这一种药名叫换形丹，擦在面上，真有脱胎换形之妙，非但皮肤变色，连五官都能改样，不过只可变丑不能变俊罢了。"

熊经略笑道："这样甚妙，俊丑没有关系，俺还希望越丑越好哩，这事便请袁兄费神吧!"

袁鹰儿道："经略改换面貌，只是要耽搁一天了，因为擦上药要两个时辰，才能药性发作，药性一发足，面部起了变化，虽然没有多大痛楚，但要经过一夜工夫，才能同平常人一般，以后无论如何擦洗不掉，要用俺的解药，方能恢复本来面目，因此俺不用它，只用假面具应急。经略如愿换形，只好再勾留一天。"

熊经略道："此地还偏僻，我们在此多留一天，谅也无妨。俺改了形容，不论何时，咱们都可大摇大摆地出去。事不宜迟，请袁兄施药吧。”

袁鹰儿便把药粉用水调和，替熊经略连颈带脸敷在面上，说也奇怪，熊经略一经擦上这些药粉，不到两个时辰，顿觉面如火热，一忽儿变成黑里变紫的面孔。

两人齐声道：“真真妙药，倘使有人到此，谁能认得是经略呢！”

这时那老道左手提壶酒，右手托着肴盘，走了进来，一见熊经略，吓得望后连连倒退，颤抖抖地问道：“这位是谁？那位恩爷又上哪儿去了呢？”

袁鹰儿笑道：“你问的那位客官，早已走了。”说着接过酒肴，摆在桌上，放好杯箸，招呼着一同坐下，喝起酒来。

那老道愣在一旁，惊疑不止，这时路鼎让他喝酒，老道颤巍巍地说道：“请你老用，诸位怎的不待那位同吃呢？”

袁鹰儿大笑，明白他记挂着熊经略允许犒赏他的一着，随即掏出二两重的一块银子，丢在桌上说道：“那位客官走的时节，留出这块银子，说是赏给你的。”

那老道哪里见过这样大的整块银子，不由心花大放，伸出鸡爪似的手，把银子一捞在手中，谢了一阵，笑嘻嘻地走向楼下去了。

这里熊经略等三人，喝着酒谈话。

袁鹰儿诚恳说道：“现在经略形容已改，明日咱们可以离开此地，俺想经略一时尚无安身之所，何妨先到河南小寨一游，略消胸中肮脏之气。那边非但有俺们久仰经略的一班弟兄，还有经略两位部下都在渴盼着呢，务求经略同俺们屈驾一趟。”

这几句话说得非常委婉，熊经略想了一想便也应允下来。这天三人便在寺内休息，并不出门，到了晚上，熊经略觉得面上已无动静，奔到楼下老道房内，寻着一面镜子，在灯光下照了一照，连自己也吃了一惊，只见镜内面目全变，鼻凹嘴裂，两个撩天鼻孔，一双歪斜怪眼，满颊疤痕，衬着一张灰紫色的面孔，真同活鬼一般，看了半晌，推镜哈哈大笑，索性除了头上绸巾，披散长发，立时变成鸡巢似的毛头，愈发增加了几分怪相，又把自己一件宽袖长袍脱卸，硬向老道对换了一下，把老道百年不离的一件七穿八洞泥垢道袍，绷在身上，脚上也换了草履，却把那个朱漆葫芦和宝剑系在贴身腰上，这一改装，把旁边老道看呆了。

熊经略转身向老道笑道："你只管自去睡觉，咱们明晨就要离开此地。"说着径自走出屋来。

熊经略回到楼屋，路、袁两人也是一惊，一齐笑说道："经略这样一改变，越发地看不出了。"

不防熊经略哈哈地一声狂笑，接着一声长叹，路、袁两人不敢再向其说话，沉默半晌，就各自安息。

第二章　塔儿冈的盛筵

第二天早晨，熊经略等三人离开了这座破庙，向寺外枣林而去，越过枣林走进大街，出了京城，直向河南奔去，如此晓行夜宿，一路谈说着，倒不觉寂寞。

这日到了河南，袁、路两人陪着熊经略走上塔儿冈，好像得着奇珍异宝一般，尤其是路鼎，一心在自己婚姻上面，以为这种功劳，定蒙李紫霄首肯，诚惶诚恐地陪着熊经略到了寨内，由袁鹰儿进去通报。

李紫霄正在聚义厅，和黄飞虎、翻山鹞、黑煞神、过天星等谈论山寨之事，忽见袁鹰儿回来，报说："熊经略业已请到！"不禁大喜，忙向众人说道："熊经略受奸宦陷害，困在天牢，俺特命路、袁两兄北上，设法救出，请到本寨来，居然蒙熊经略屈驾到此，真是本寨的大喜事。诸位快整衣一同迎接！"

那日老狪狪引着熊经略部下两名参将，前来见李紫霄，求救故主的时候，众人也都在座，第二天就知总寨主已命路、袁两人北上，前去营救，这时忽听到来，众人也都欣喜，要看看坐镇辽藩的熊元帅。

李紫霄率领着众人，迎到寨外门来。这时熊经略和路鼎已在寨门碉楼下，忽见袁鹰儿引着一群人出来，碉楼下刀枪如雪，熊经略久经戎行，统率貔貅，何等威势，这种山寨规模，虽然也整顿得有声有势，但在熊经略眼中，便同儿戏一般，却见高高矮矮、横眉竖目一班汉子，拥着一个淡妆素服，外披玄色风氅的绝色女子，见她举步安详，神态闲雅，夹在这不三不四一类汉子当中，格外显得鸡群鹤立，看神情，一班雄赳赳的汉子，对于这女子好像众星拱月，唯命是从，便料到这女子定非常人。

果然路鼎在他耳边悄悄知会说："先走的便是敝寨总寨主李紫霄，后面的全是李总寨主手下的好汉。"

熊经略听着笑了一笑，便大踏步迎上前去。

李紫霄后面各好汉，总以为熊经略定必天神模样，不同凡俗，万想不到远远过来一个奇丑黑脸、一身破袍的怪汉，便是恭迎的嘉客，只有李紫霄已由袁鹰儿暗地通知易容改装的事，慌慌紧趋几步，恭立道左，敛衽致敬，口中说道："蒙熊经略虎驾降临，山寨增辉!"

众人一看总寨主如此，也只可躬身为礼。

熊经略哈哈大笑道："诸位好汉少礼，俺梦想不到来此一游，同诸位见面，此刻蒙路兄知会，知道这位李小姐家学渊源，本领超群，更是幸会。"

李紫霄一阵谦让，便迎到聚义厅上，殷勤奉客，众人也依次落座。

熊经略开言道："俺奉当今圣上提拔之恩，统兵边塞，原期马革裹尸，捐躯报国，可恨魏忠贤这厮，蒙蔽圣德，通敌弄权，矫旨召回，把俺困在天牢。俺本不难以死报国，只恨奸臣一手蔽天，奸党满朝，忠良逝迹，俺虽尽忠一死，于国毫无益处，而且这样死如鸿毛，也不值得，所以略施小计，便脱出牢笼，当夜仗剑入奸宦内院，意欲为国除奸，不料奸臣恶贯未至，被他巧脱，却在这夜，无意中逢到贵寨路、袁二位好汉，才知众好汉谬采虚声，奮救仗义，想不到素未交往的贵寨，倒有如此侠肠，使俺不免有动于衷。可是俺已决志匿迹销声，不问国事，从此易容换名，徜徉山水，做一个世外遗民，只因路、袁二位再三邀游贵寨，诸位一番侠肠义骨，也是可感，不容俺不前来一谢。现在见着诸位好汉，乘此当面谢过，就此告辞。”说罢，站起虎躯，向众人一抱拳，便欲拂袖而出。

众人看他落落寡合，旁若无人的神气，原已不快，一见他说完要走，谁也不起立挽留。

便是路鼎、袁鹰儿二人，已陪着熊经略同山寨来，已算有了交代，熊经略去留却不在心上，这当口，只有李紫霄一见熊经略拂袖告辞，赶忙盈盈离座，朗声说道：“山乡茅舍，当然难留虎驾，但是妾千里恭迎，也有一片微忱，千祈经略稍坐片时，容妾一言！”

熊经略哈哈笑道：“女英雄虚衷识贤之心，俺在途中，已听得路、袁二位提及一二，不瞒你们说，正唯有此先入之言，使俺不敢多留，倘然彼此萍踪偶聚，朋友盘桓，俺已是世外闲人，一无挂碍，何必做此矫情之举呢？”

李紫霄一听，话不投机，慌掉转口锋，婉委说道：“妾无非钦敬经略，故而千里邀迎，并无别故。如蒙经略鉴谅愚忱，屈留几日，使敝寨稍亲教益，不致走入迷途，便已心满意足，受赐不浅。”说罢敛衽肃立，意甚恭诚。

熊经略目光如电，把在座人物，早已一览无余，对于李紫霄神仪莹澈，秀丽天成的丰度，也暗暗惊奇，此刻又听她一番谈吐，竟是一个巾帼中不可多得的人物，不禁又回身就座，徐徐笑道："熊某百战余生，弄得这样结果，可称得不祥之命。尚蒙女英雄另眼相待，实深惭愧，现在既蒙款留，盛情难却，且同贵寨好汉，稍作勾留便了。"

李紫霄大喜，一声吩咐，立时在聚义厅上摆设盛筵，殷殷劝酒，却好瓦冈山寨主老狮狮，闻信赶到，而且领着投奔的二名参将一同前来。这二名参将，一名赵奎，一名雷宏，此时在老狮狮手下，也算山寨人物，老狮狮领着闯进聚义厅，一见当中首席上，虎也似的踞着一个奇丑怪汉，却不见熊经略的面，后经李紫霄说明，才恍然大悟，赵奎、雷宏慌忙紧走几步，俯伏在熊经略席下，低低报名参见。

熊经略忙地搀起，详询各人流散之情，并叮嘱以后应做有益于地方之事，然后各归本位。

此时李紫霄忙叫二个头目依次斟酒，二个头目忙捧着酒壶上来斟酒。

熊经略忽然喝一声："且慢！"一伸手，从腰间解下一个朱漆葫芦，去掉塞子，举手一摇，却是空的，呵呵大笑道："俺吃不惯闷酒，把俺这葫芦灌满就得。"

头目真个依言，把一壶酒灌入葫芦内，不料葫芦虽小，容量却大，连灌了三壶，才装满。

熊经略提起葫芦，便直着身子，咕嘟嘟灌入口中，满满一葫芦酒，少说也有四五斤，被他鲸吸长川般灌下肚去，两个头目轮流灌酒，还来个手忙脚乱。他挺着胸脯，张着怪嘴，来个葫芦到嘴，一口吸干，一忽儿便喝了三四十斤，兀自咂嘴吮舌地大呼酒来。

众人看他喝了这许多酒，连面皮红也不红，也都骇然。老狸狸平日也以饮酒自豪，今天一看人家这样喝法，真是小巫见了大巫，吓得搁着杯，瞪着目，看呆了，但在李紫霄眼中，便看出熊经略内功深纯，非同小可。这种陈年花雕，一口气吸下三四十斤，酒力一点不发泄出来，无论如何好酒量，也不易办到，定是运用气功，将酒逞聚肚内，料知熊经略已看出山寨诸人轻视态度，故意如此做作，一半借酒浇愁，一半略露功夫，说不定下面还有妙文。这时一眼看见小虎儿，坐在过天星肩下，两人鬼鬼祟祟，挨着肩，不知商量什么，料知小虎儿又要作弄过天星。

原来小虎儿自到山寨，众人喜他聪慧，又是总寨主胞弟，诸事都爱护他。过天星年轻好事，想在小虎儿身上，巴结总寨主，格外同小虎儿亲近，小虎儿却看不起他，时常想法作弄他。这当口，小虎儿偷眼看熊经略怪形怪状，旁若无人，黄飞虎、翻山鹞等，也竟存轻视，默坐无言，灵机一动，便悄悄拉了过天星一把，低低说道："你看俺们姊姊，把这怪物这样推崇，黄寨主等却有点看不起他，定是没有什么大本领，你何妨当场显点能耐，把这怪物的气焰，压他一压，也显得咱们山寨有英雄。你一开头，黄寨主等便可接着你一显身手了。俺姊姊还有意思留这怪物在山寨里，俺第一个看不上眼，你有法把他赶走，我真感激你一辈子。"

他这几句话，真搔着过天星痒处，而且他也看出翻山鹞等神气，自己一出场，真能够博得大众同情，低头一想，便有了主意，悄悄对小虎儿道："你不要响，我去去便来。"说毕，立起身溜出去。

这时熊经略兀自一语不发，一个劲儿猛喝，又喝了一二十斤下去，忽听厅外鼓乐大作，十几个精壮汉鱼贯而进，一色穿着棋布坎肩，紫花布短叉裤，光着两臂两腿，头上绾着抓头髻，鬓插鲜花，足踏芦鞋，每人两手捧定一个朱红大盘，每一盘内放着一尾炙香四溢的黄河大鲤鱼，分献各席。

为首一个汉子长得一身细白皮肤，刺着遍身蓝靛花纹，面上却用烟煤涂得精怪一般，雄赳赳捧定鱼盘，步趋如飞，奔近熊经略席前，单膝点地，举盘过顶，尖咧咧地高喊一声："请贵客用鲤!"

小虎儿眼尖，早已看出这怪模怪样的汉子，是过天星乔装的鬼戏，正在暗暗直乐，却不料在过天星高喝一声，熊经略低头一瞪之间，猛见过天星一长身单臂托盘，倏地从腰间拔出明晃晃一柄尺许长两面开锋的牛耳尖刀，用刀锋戳起一大块鱼肉，腕上一攒劲，竟这样连刀带鱼，疾向熊经略口内送去。

这一下，倒也出人意外，一厅的眼光正在集注那柄尖刀当口，猛见熊经略鼻子哼了一声，阔口一张，迎向刀锋，咔嚓一声，刀锋立断，嘴上一阵大嚼，霍地仰面一吐，厅上顶梁中间，当的一声，那寸许刀尖深深嵌入，众人眼光一阵晃乱，俱各骇然。

过天星在他咬断刀锋之际，只觉虎口一震，暗暗生痛，心里一惊，正想放下鱼盘，收起断刀，转身便走，忽又听得熊经略在上面哈哈大笑道："俺不是王僚，怎的你学起专诸来，这出戏未免唱得景不对题啊!"说罢，虎目一张，威棱四射，过天星激灵灵打了一个寒噤，放下鱼盘，转身便走。

过天星一转身，熊经略倏地眉头一皱，双手一拍肚皮，喊声要吐，众人以为灌下这许多酒去，真个捆不住要呕吐出来，万不料在这一瞬工夫，只见熊经略朝着过天星身后，大口一张，喉头哧哧一声怪响，匹练价冲出一道亮晶晶的水龙来，正喷向过天星背上，猛听得过天星啊哟一声，身不由己地腾空而起，被这条水龙直冲出厅外，跌下阶沿，最奇熊经略口中喷出来的那条水龙，原是喝下去的远年花雕酒，却不知他用什么功夫，由口中喷出来，宛似千寻飞瀑，聚而不散，而且有这样大的力量，竟把过天星冲得跌出厅外，那条酒龙也跟着飞出厅外，才四散开来，化成酒雨。厅外立着的头目寨兵，被这阵酒雨淋在头面上，觉得滚热非常，隐隐生痛，可是厅内却点滴不沾，只嗅到厅外酒香，一阵阵直冲鼻管。这一下子，宛如奔雷骇电，席上的人相顾失色。

因为塔儿冈各好汉，除出李紫霄功夫绝众，刚柔兼到，其余如黄飞虎以下，都是一身硬功夫，骤见熊经略这种惊人举动，实是见所未见，实猜度不到他，喷出酒来有这样大的力量，好笑熊经略兀自假充酒醉，在上面哈哈大笑道："这位小专诸，难道纸做的不成，怎的被俺喷了一口酒，便喷得无影无踪呢？"

一语未毕，当场电光一闪，李紫霄提着流光剑翩然离席而出，笑吟吟说道："经略内家功夫，毕竟不凡，待妾也来班门弄斧，略献薄技，权当佐酒，不对地方尚乞经略指教！"

语音清脆，宛同花外莺啭，众人正听得出神，蓦见柳腰一转，便将剑光错落，遍休梨花，身法略变，又似银梭乱掣，素练悬空，剑影人影，一时都无，只觉凉风飕飕，寒袭四座，正舞到酣处，猛听得上面熊经略霹雳般拍桌连呼："好剑！好剑！"忽又喝一声，"且慢舞剑，俺有话说！"

这一喝，众人又不知何事，李紫霄收剑现身，行如流水，走近熊经略席前，不喘不涌，从容问道："经略有何吩咐，想是剑法平常，有污尊目，万祈不吝教诲为幸。”

熊经略霍地立起身，抱拳说道：“女英雄端的好本领，但是俺有一句要紧的话，想问一声，俺看女英雄剑法家数，与俺同出一门，尤其是尊剑尺寸和剑光极为熟识，未知尊师何人，尊剑何处得来，可否见告？”

李紫霄听他问得奇怪，便据实说道：“剑名流光，系先父遗物，妾一点微技，也是先父家传。”

熊经略哦了一声，两只怪眼向上一翻，似乎满腹凄惶，忽又向李紫霄面上直注了半晌，才开口道：“这样说来，铁臂苍猿李飞虹便是尊大人了？”

李紫霄吃了一惊，暗想父亲年轻时的江湖外号，已二三十年没有人提起，晚年遁迹三义堡，不预外事，连三义堡都少有知道，怎的他会知道这样清楚呢？不禁迟疑半天，才问道：“经略怎知先父当年名号？”

不料熊经略一语不发，劈手夺过流光剑，大踏步赶到厅中，双手持剑一举，向天大喊道：“师兄，师兄，想不到廷弼在这侘际无聊之时，会碰见师兄后人，现在俺已辜负你当年一番期望，只可隐迹埋名了。”喊毕，双目一闭，眼泪夺眶而出，洒豆般洒了下来。

这番举动，比他用酒喷人，还来得突兀，连李紫霄也弄得惊疑不定，慌赶近熊经略身边，急问道：“经略如此情状，难道是先父好友吗？”

熊经略虎目一张，兀自含着几滴英雄之泪，却把流光剑还与李紫霄，然后整色说道：“姑娘，你那时年纪尚幼，大约尊大人也未向你提及当年之事。俺与尊大人岂止好友，多年同门之谊，不同泛泛，想不到无意之间，会逢着姑娘，可喜姑娘长得一表非凡，深得师兄真传，只可惜师兄业已作古，不能同俺一叙久阔了。”说罢，抚胸长叹，沉痛非常。

李紫霄一听他是父亲同门，又悲又喜，慌忙招手把小虎儿唤至跟前，一同向熊经略跪下行礼，只喊：“叔父！”

熊经略一看小虎儿长得英秀非凡，扶起两人，问道：“这孩子是侄女何人？”

李紫霄凄然说道：“先父一生，只侄女姊弟二人，这便是舍弟虎儿。”

熊经略大喜，一蹲身，抱住小虎儿，左看右看，又用手把小虎儿骨骼上下揣摸了一下，一长身，哈哈笑道：“我师兄一生行侠仗义，当然盛德有后。此子骨骼非常，倘能得着名师指授，不要走入邪途，将来不可限量。贤侄女尚须好好教导才好。”

这时黄飞虎、翻山鹞等本已惊服熊经略本领奇特，忽又见他们认起父辈交谊来，大家自然离座道贺。李紫霄于无意中，逢着父亲同门，又是赫赫有名的熊经略，自然格外高兴，彼此又重整杯盘请熊经略入席。

李紫霄细问当年同门情形，熊经略才说道：“说起俺老师，并非江湖人物，原是一位寒儒，是湖南人氏。他老人家隐姓埋名，谁也不知道他真名实姓。俺们年轻时，只尊他一声洞庭先生，如果有人向他请教台甫，他便一笑走得老远，种种怪僻脾气，令人莫测。他到处游山玩水，却被俺先父看在眼里，请到舍下教书。洞庭先生一见俺，却非常投机，偏逢俺从小爱舞棒弄拳，那位洞庭先生每逢月白风清之夜，暗地授俺武艺，吩咐俺不准告知别人，教了三年以后，洞庭先生忽从远处带了一名英俊少年来，对先父说明，是从读的学生，河南人，名叫李飞虹，比俺年纪长了好几年。先生教俺叫他师兄，说这位师兄，在五年前，已从他练武，这次又带他来，预备文武两学，再深造一点。

“那时俺得着同学之人，高兴非凡，白天一同习文，晚上一起练武，整整又过了七八年，不幸洞庭先生便在俺家无疾而亡，临终时，从随身皮箧中，取出一口宝剑、几册破书来，对俺们二人说道：‘飞虹目有怒稜，身具傲骨，天生风尘里豪侠一流。廷弼骨骼出众，志气迈群，将来可以为国驰驱，封侯勒铭。只可惜你们二人，都生非其时，到头来都是一场春梦。现在我将这柄流光宝剑赐予飞虹，作日后行侠除暴之助。这几本破书，却是俺一生心血所在，都是行军布阵的要诀，赐予廷弼静心参究，将来定有得益之处。俺一生就只这两件东西，权为永别纪念。’说毕，便一瞑不视。俺两人替他料理身后清楚，便各自分手了。

“分手以后的近几年，飞虹师兄每年定必来我家看望一次。俺知道他浪迹江湖，到处除暴安良，得了‘铁臂苍猿’的外号，颇为有名。自俺走入仕途，相隔千里，便与师兄从此隔绝，直到前几年俺奉旨征辽，曾托人四处探听师兄消息，想请他助我一臂，哪知他已洗手江湖，隐迹不出，无从寻访。万想不到事隔多年，在此得逢师兄后人，回想先师临终的话，真是一场春梦。所幸贤侄女巾帼英雄，侄儿英秀，也非凡俗，足可慰我师兄于地下了。”语毕，微微叹息，捧起葫芦，喝得咯咯有声。

李紫霄应对之间，却已有了一种主意，暂不露出口锋，只殷殷以晚辈之礼相待。

席散以后，李紫霄又坚请熊经略到后寨款待。熊经略既然以父执自居，起初落落寡合的态度，只可收起，而且也存了一番热心，想规劝李紫霄几句，在席散后，便由李紫霄、小虎儿引导到后寨来，李紫霄、小虎儿陪着到了后寨书室，重新献上香茗，细谈衷曲。

李紫霄便把先父遗言，为三义堡几百户身家安全，才到塔儿冈来的原因，说与熊经略听。

熊经略沉思了片刻，开言道："在这奸臣当朝，盗匪充斥当口，侄女主意，也是一法。但是这样做去，恐怕有进无退，以后结果，实在难以预料。如果贤侄女能够把一班绿林好汉，训练成节制之师，一有机会，索性做一番忠君保国的惊人事业，俺也非常赞成。就怕绿林道中，很少有这样胸襟的汉子，只贤侄女一人，抱此志愿，未免德高合寡，到头来玉石难分，骑虎难下，便没有多大意思了。贤侄女现在是我师兄的后人，俺不能不直言相告，起初贤侄女想把这个担子加在俺肩上，俺这样决绝，便是这个意思。"

李紫霄笑道："先时不知师叔是自己人，现在既然明白，怎敢把此事污浊师叔？天幸得与师叔会面，想是先父之灵，暗暗启迪，千万请师叔在此多屈留几天，侄女有一桩要事，要和师叔细谈。"

第三章　白骨坳中的怪物

熊经略想问明何事，忽远远听得岭后，锣声当当乱响。李紫霄一愣，正待呼唤女兵出外查询，袁鹰儿已匆匆跑了进来，口称："怪事！"

经李紫霄一问，袁鹰儿说道："秤杆岭后有一处山坳，离此约有四十多里山路，土人称作白骨坳，因为白骨坳是个死谷，四面都是插天危崖，阴森森不见天日，地既险僻，路又难行，绝少有人进去。据说凡进去的人，从来没有出来过，有人从白骨坳上面危崖顶上看看坳内，望见古木枝条上面，挂着几具白骨骷髅，吓得砍柴采樵的人，连崖顶上都不敢去了。从此"白骨坳"三字叫出了名。此地人提起白骨坳，便吓得变貌变色，有时风雨凄凄，或者日落星稀的深夜，常听见白骨坳内鬼哭兽号的怪声。

"这几天俺们三义堡的人，在岭后开辟山田，有几个壮年汉子，偶不经心，走入白骨坳地界，便从此踪影不见了。本地人都说丧命在坳内了，那几个壮汉家中，原已报与路兄和俺，据路兄意思，不愿报与师妹知道，恐怕师妹轻身涉险，路兄自己想邀同几位寨主，先到白骨坳内探看一番，查个水落石出，后来奉命到京，去请熊经略，把这事耽搁下来。不想今天席散后，不见了过天星，据寨兵报说，他带了几名亲身寨兵，携着鸟枪兵器，打猎去了。他本来闲着无事时，常到后山打猎，也没有人注意，不料此刻后寨守望的喽卒，忽然鸣锣告警，说是他们在白骨坳近处一座山冈上，远远看见过天星等，走进白骨坳，不到半盏茶时，便听得火光一现，火枪响了几声，接着又是几声惨叫，以后便寂寂无闻，料知事情凶险，慌鸣锣报警，现在黄寨主、翻山鹞等都在聚义厅上商量此事，特命俺来请师妹的！”

李紫霄道：“好，你先去，我就到。”

熊经略道：“‘白骨坳’三字甚奇，究竟出了什么怪兽，我出去见识见识。”

小虎儿也嚷着要跟去，李紫霄教他在此看家，小虎儿噘着嘴，两只小圆眼却骨碌碌瞅着熊经略。

熊经略笑道：“小孩儿家，也要教他历练历练胆气，教他跟在我身边便了。”

小虎儿大喜，一溜烟跑上楼去，挂上一具小小的金钱镖囊，提了一柄小钢刀，又赶进屋来，恰好李紫霄已齐备二十几个女兵，个个持枪挟弹，在门外伺候整齐。熊经略携着小虎儿的手，陪李紫霄一同到了前寨。

厅上众人业已到齐，翻山鹞、黄飞虎一班人正在议论纷纷，一见李紫霄到来，一齐躬身为礼。

翻山鹞首先说道：“俺在此好几年，四面要紧山头，都亲自巡视过，偏是不近不远的白骨坳，因为那处是绝地，不愁奸细窝藏，未曾留意。不料近几月出了好几次人命，现在连过兄弟也陷在里面了，究竟白骨坳有何怪物，俺兄弟是否丧命，应当切实查勘一下，所以请总寨主出来，多派几位寨主到白骨坳搜查一番。如果真有怪兽出现，也可趁机除掉它，免得寨民、寨卒疑神疑鬼，众心不安。”

李紫霄笑道：“俺也是这样主意，事不宜迟，趁此日色刚刚偏午，由俺亲自出去巡视一趟便了。”

黄飞虎、路鼎同声阻拦道：“何必总寨主亲自前去，随便派俺们去几个人好了。”

李紫霄笑道：“我们这位师叔，志在游山玩水，既到此地，应该陪他游览游览俺们塔儿冈景物。再说俺们师叔韬略在胸，趁此机会，请他老人家给俺们指点指点，岂不一举两得？至于过天星这厮，平日品性浮躁，轻举妄动，原实可恶，俺屡次看在诸位寨主面上，宽恕了他。今天俺师叔到来，没有我的命令竟敢假充寨兵，戏弄贵客起来，更属可恶，此刻又是他轻举妄动，单身涉险，万一送命，也是咎由自取。”说罢，杏眼含威，神色俨然。

翻山鹞等不敢再开口，熊经略却呵呵大笑道：“原来那位小专诸叫作过天星，依我想，那位寨主定是被俺喷了一口酒弄得颜面无光，悄悄独自溜到岭后去打猎遣闷，误入白骨坳中，迷了路出不来，也许有的。如果真有怪物出现，遇了险，事由我起，倒使俺抱歉万分了。现在真相不明，不必多说，诸位在此稍候，由俺陪我侄女、侄儿仔细到出事地点勘查一回，好歹要弄个水落石出，诸位且请宽心。”

熊经略这样一说，黄飞虎等抱拳称谢，黑煞神、路鼎、袁鹰儿也要跟去，李紫霄一使眼色，力阻他们同行，只吩咐了众人一番，即带着两个引路寨兵、二十几个女兵，和熊经略走了出来，出了总寨门，向左边一条山路迤逦行去。

熊经略等这时都是步行，因为往白骨坳去，尽是崎岖山路，不便骑马，先是走的一段山道，一面尽是依山形开辟出来的梯田，一面是汩汩长流阔涧。李紫霄、熊经略、小虎儿三人在先，率领着一队娘子军，不疾不徐行来。

这时正值天高气爽的秋天，四山林木尚未尽凋，被秋日一照，兀自绿油油的爽目，远远山林中透出几点血也似的红叶，随风飘动，闪闪生光，近处足下一带溪流，澈底澄清，荇藻可数，上面走的一行人影，倒映溪面，如在镜中，加上山谷内幽鸟啾啾，田畴中山歌迎唱，也不亚桃源仙境。

熊经略先自高声喝好，李紫霄也觉怡然自得，唯独小虎儿急巴巴想赶到白骨坳，看看稀罕儿，小心眼儿还挂记着过天星，料到过天星多半被熊师叔用酒一喷，扫了面子，才溜到外面来，当时自己也作弄他，万一他遇险身死，自己多少也担点不是。

他心里怙惙着，忽见两个引路的寨兵，走至姊姊面前，向那边一指道："转过那个峰角，便离白骨坳不远了。"

众人朝指的所在看去，只见半里外青草摇天，云岚回抱，山势合拢处，两座高峰拔地并峙，中间一条飞瀑，倒挂十丈，远望去宛似界了一条银线，一路行来的溪流，便发源于那条瀑布，分派别流，成为十余里曲曲折折的溪涧，恰好利用它灌溉塔儿冈内的山田。

李紫霄遥指道："那面两峰相夹，瀑布飞悬，远看好像路尽，其实下面松林内，另有一条樵径，可以深入。俺曾行猎到此，可惜志在行猎，匆匆来去，未曾深入。白骨坳那处僻地，也差过了。"

熊经略道："那处藏风聚气，风景甚佳，在此筑几间茅庐，听泉策杖，清福不浅。”

李紫霄笑道：“这很容易，师叔爱此，明天便叫他们搭起几间精致草舍便了。”

熊经略呵呵大笑道：“可惜尚非其时，待俺游遍名山，再践此约吧！”

两人谈谈说说，不知不觉已到瀑布下面，满耳奔腾澎湃之声，加上峰腰龙吟虎啸的松涛，汇成繁响。熊经略正领略不尽，忽听李紫霄在松林内呼唤，回头一看，引路的寨兵，领着他们走入窄窄的一条樵径，正向一座满布绿苔的石屏后面转去。

熊经略追到李紫霄跟前，路转峰回，山形又变，两面尽是数十丈高的峭壁，朱藤蟠路，异草纷披，顶上一线天光，只见白云片片，悠然而逝。

熊经略道：“大约前面就是白骨坳了？”

引路的寨兵回身答道：“此地土名叫作青龙谷，出了此谷，向右越过瘦牛脊，才是白骨坳哩。”

这时众人脚下觉得步步登高，回头一看，似乎距入坳进口处，已有好几丈高。

原来，这青龙谷是两峰中分处，恰是从峰顶斜分下来，两面虽是百仞峭壁，宛如斧劈，但是走进坳内，如登高坡，越走越高，越高峭壁越短，等得李紫霄、熊经略一行人走完青龙谷，已在峰顶上了，看脚下峰形，并非两峰并峙，原系山峰自顶中分，如人两股，向左右分张开来，峰后依然整个峰形。

众人立在峰顶四眺，峰前山形开展，直望到塔儿冈寨栅；峰后情形大不相同，危冈奇岩，层层栉比，云封林密，奇奥无穷。

引路的寨兵领着众人向峰后走下半里许，向右一转，恰是一座奇形的石冈，通体洁白的云母石质，上锐下丰，形如牛脊，而且滑不留足，一跌下去，两头都是百丈深谷，怕不粉身碎骨。熊经略、李紫霄何等功夫，自然行走无事，小虎儿年轻体轻亦无大碍，只苦了二十几个女兵，拄枪作杖，战战兢兢地你扶我拉，勉强越过瘦牛脊，幸而没有一人失足。大家过了牛脊岗，现出一片松林，全是合抱不交的百年老松，却无路可寻。

引路的寨兵说道："山内的人，都是到了牛脊岗，便不敢再进一步。多年下来，路径便渐渐湮没了。总寨主不妨先上那面高峰俯瞰白骨坳一下，似乎也比较安全一点。"

李紫霄笑道："你说的高峰，不是松林那面一座危崖吗？照你所说，白骨坳大约便在那峰背后，既已不远，何必再上那座峰头！"

说话之间，大家已穿入松林，上面松叶蔽天，人行其中，显得须眉皆碧。

行不到一箭路，前面引路的寨卒和女兵，忽然怪叫起来！

李紫霄慌赶上前去喝问，几个女兵已从林内拾起几件东西来，请李紫霄过目。李紫霄、熊经略一看，原来是一柄折断的腰刀和一支鸟枪。枪的铁管已经砸扁，而且弯了过来，还有一件衣服，却是血迹淋漓，已撕得粉碎。李紫霄认得衣服、军器是寨兵的，便料到确有厉害怪兽伏在其中，过天星和几个寨兵，多半性命难保，一看熊经略却拿着弯折的火枪，昂着头，如有所思。

李紫霄问道："师叔你看这怪物，气力倒不小呢。"

熊经略道："我看了这几件东西，猜想这怪物，定是稀罕东西。你看这枪上留着几处毛手印，和人一样，不过瘦得出奇，长上了毛，仿佛猩猿一类。最奇的，咱们进林以后，不见一鸟一兽，连树上的黄雀，林下的野兔儿都不见一个，想是被那怪兽尽数吃在肚内了。照这样看来，那兽凶猛异常，不是平常人所能制服的，依我主见，我们带来的人，不必跟到白骨坳去，免得误伤性命，不如留在松林外牛脊岗下，反不致碍手碍脚。”

李紫霄答应是，便叫小虎儿带着女兵退出林去，连引路的两个寨兵，也不叫同去。小虎儿一百个不愿意，却怕姊姊，转身退出林去了。

小虎儿等走后，李紫霄在前，熊经略在后，施展本领，捷如猿猴，霎时便穿过松林，林外怪石参差，危崖峭立，崖缝内却有天然石阶小径。两人记着方向，蹿高越矮，又驱了一程，看见浅水溪流，向崖壁下流进去。两人沿着溪流，转过崖巅，忽见四山环抱，都是天险绝伦的石壁危坡，中间古柏参天，藤萝铺地，阴森森的一所幽谷，那道溪流却从谷内曲曲而出。

熊经略道：“这大约就是白骨坳了。”

一语未毕，李紫霄忽悄声说道：“师叔你看，怎的有人在此上吊呢?”

熊经略大奇，慌向她指处仔细看时，原来谷内溪边上有一株十余丈高老柏，上面用藤串着几具白骨骷髅，高高地吊在上面，随风摇曳，四肢飞舞，宛如活的一般。两人立的所在距那骷髅还有一箭路，李紫霄认为那大树挂着的一串白色骷髅，定是从前有人在此自缢身死，因人罕至，无人解救，直挂到现在，变成一副骷髅了，但是熊经略却已看出绝非缢死的，无非那怪物的把戏罢了。

熊经略暂不说明所以，只向李紫霄说道：“我们立在这边崖上，地方又高又窄，不便施展，不如下去，到那边仔细搜寻一下，看一看那怪物藏身何处。过天星那班人究竟有无全数丧命，便可分晓。”

李紫霄应是，从背上拔出流光剑来，熊经略却依然空手，一先一后，跳落崖下，沿着溪涧，往白骨坳深处走去。

两人走到那具骷髅底下，古木参天，落叶铺地，四面尽是高岩峭壁，益显得坳内深奥出奇，而且举步之间，脚底落落沙沙直响，有时山风吹下，枝叶飞舞，宛如鬼啼魅吼，胆子略小一点的，到此幽静境界，怕不魂飞魄散。可是熊经略、李紫霄艺高胆大，满不在乎。

李紫霄先用剑拨开碍足榛莽，向前直进，猛抬头“咦”的一声，停住步。熊经略闻声举目，也看见了。

原来前面枝叶凋落的枯树上，又挂着两具骷髅，却与前不同。一具是脚下头上，也是人骨，一具却是极大的兽骨，看那骷髅形状，似是虎豹之类。那株枯树，足有八九丈高，这一人一兽的骷髅，却高高地吊在枯树顶上。

李紫霄看到这两具骷髅，便觉得不是自己上吊的了，回头向熊经略笑道：“这怪物颇具智慧，把人吊得这般高，而且吊的法子同人一样，难道是通灵神怪不成?”

熊经略四面留神察看，忽向她摇手道：“莫响，你看那边是什么东西？离它巢穴，定已不远了。”

李紫霄慌向指处定睛细看，只见溪头一块五六丈高的屏风怪石，从涧内拔地而立。怪石从上到下，布满了绿苔，碧油油鲜翠欲滴，淙淙不绝的泉水，却从石上冲泻而下，直注涧内，大约这条溪涧便从石上发源。最奇那块碧绿的石头，从晶晶生光的泉流内，露出一只雪白的手来，五指倏伸倏拳地颤动着，却因两人立处地势低洼，看不出怪石上面是人是怪。

熊经略悄悄说道："你随我来。"说毕，一撩衣襟，双足一点，便是一个飞燕点波的式子，平飞起足有三四丈远，早已越过溪涧，再一顿足，人又飞起，已到了溪头那块屏风怪石上。

李紫霄岂肯落后，熊经略一落在石上，李紫霄也跟着上来。两人一到石上，奇境顿现，不禁同声称怪。

原来上头依然是一道曲曲折折的溪涧，却是一泉三折，直接高岩，清耳泉声，如鸣幽乐，景物清奇，同下面幽闷黑暗如隔天渊，但是两人立的所在，正是急湍急流中高出溪面的突兀大石，上面冲下来的流泉，冲在大石上，水珠喷舞，积成琼雪，两人衣襟上，不免沾湿了一大片。两人满不理会，只低头搜寻一只人手所在，搜寻了半晌，却又找不出踪迹来，不禁暗暗称奇。

李紫霄一弯腰，偶然用剑向奔流内，随流拨划，在如同翠带般的水藻内拨视，蓦地喊一声："在这里了！"

熊经略仔细一看，大喜，倏地跳落溪水内，一俯身，伸手在石缝内水藻底下一探，猛一长身，随手提上一件水淋淋的东西来。两人一看，又惊又喜。熊经略更不怠慢，抬头向溪上一打量，只见左面孤零零一处石坡，凭空伸出，离头上约有丈多高，一蹲身，提着那件东西飞上石坡，回身一招手，李紫霄也跟踪而上。两人到了石坡上，熊经略才把手中提着的东西，平放坡上。

原来这水淋淋的东西，不是别物，就是那过天星，却已死了过去，周身都有枯藤缠绕，身上兵器果然无存，连上下衣服，也撕破得一片上一片下，加以遍身泥浆水藻，弄成活鬼一般。

熊经略俯首贴在过天星胸头，听了一听说：“还可有救。”说了这句，慌忙斩开缠身藤索，扶起过天星上身，把他背脊靠住坡后峭壁，再将两条腿盘起，在他胸口丹田各处，按摩了半杯茶时，渐见过天星白纸般脸色，慢慢转了过来，肚子里咕隆隆响了一阵，猛见过天星大嘴一咧，嗤地呕出一股清水来，接着又干呕了一阵，才两眼睁开，说了一声：“闷死人了。”

过天星死里逃生，骤然一睁眼，金星乱冒，神志昏迷，等得眼神聚拢，看见总寨主和熊经略都在面前，自己身子兀自在遇险之地，便知总寨主亲自到来救他，急想起来叩谢，无奈周身如棉花一般，动弹不得。

李紫霄摇手道：“你且不要动，你究竟遇到何种怪物？怎会塞在泉眼里，弄到这样地步？快说与俺们听，俺们好设法替一方除害。”

过天星有声无气地说道：“俺本来心爱打猎，前几天听人说起白骨坳的奇闻，存心要来查勘一下，今天厅上席散，闲着无事，便带了四个年轻的寨卒，背着火枪军器，急匆匆赶来。哪知一过瘦牛脊，走入冈下松林时，蓦地听得林上一声怪叫，眼神一晃，似乎林上飞下绿茸茸的一个怪物。那怪物行动如飞，俺们还未看清怪物长相，它已一手一个，抓住两个寨卒，飞上林巅，霎时踪影全无，却只见远处林上，掷下几件东西来。俺们大惊，慌忙端整鸟枪，向林上放了几枪，姑先壮一壮胆，那时身边还有两个寨卒，已吓破了胆，只望后倒退。

“俺虽然吃惊，却想带来四个寨卒，凭空被怪物攫去两个，这样回去，在总寨主面前如何交代，再说怪物长相也未看清，回去如何说法，岂不益发被人耻笑？这样一想，决计拼着一条命不要，也要探一探再说。主意打定，便对两个寨卒说明，叫他们姑先在林中稍候，如果自己一去无踪，急速回寨通报。当时我一人穿过松林，寻着一条溪流，沿溪慢慢走去，手上端着一支打猎的双眼火枪，四面留神，预备一见怪物，便迎面一枪。

“哪知主意虽好，怪物狡凶得出奇，俺正走到白骨坳谷口，猛又听得头上吱吱一声怪叫，不用见着那怪物，便是听那一声怪叫，已令人毛骨森然。当时俺听见一声怪叫，慌立定身，端起火枪，凝神探视，万不料那怪物已通人性，故意在俺面前怪叫一声，引得俺全神注意在前面，那怪物却仗着疾如飞鸟的手足，早已跳下一层危崖，绕到俺身后，闪电一般飞袭过来，待俺觉得身后风声有异，正待转身，猛觉背后伸出一只碧绿的毛手，猛向俺脖子上一夹，一阵刺痛，立时昏迷过去。

“也不知过了多久，悠悠醒转，人已塞在急湍下面的石缝内，周身似有东西捆缚，不能动颤，可是一张口，冰冷的溪水直灌进来，猛力一挣扎，似乎脱出一只手来，无奈人在水中，如何能够持久，挣扎了几下，重又闷了过去。今得幸蒙总寨主亲自到来，救了性命，大约那凶猛的怪物，已被恩主们除掉了？”

李紫霄急问道：“照你说来，这怪物形状，你也未曾看清。既然怪物把你塞在此地，何以怪物又跑了开去，此刻怎的又无踪影？那四个寨兵的尸骨，又未曾见着，这倒奇怪了。”

熊经略笑道：“此怪定非寻常，种种离奇举动，自有它的主意。依我想，这种怪物，与寻常猛兽不同，它把过天星捆住，放在此地，定是一时吃不了许多，又怕他逃脱，故而塞在水底石缝内，预备慢慢受用。此刻他定然摆布那四个寨卒去了。”

李紫霄道："这样说来，咱们赶快寻一下，也许四个寨兵，还未全遭毒手。"一语未毕，猛又听得头上咧咧的一声怪叫。

这一声怪叫，尖锐异常，而且音带凄厉，非常难听，连李紫霄这样功夫的人，也觉肌肤起栗。

两人慌抬头一看，只见上面峭壁顶上，现出一个满头长发的怪脑袋，满脸满头都是绿森森、金闪闪的毛发，只露出一对火赤赤有光的怪眼珠，中间赤红鼻子，下面一张奇形大嘴，厚唇下掀，两排雪白的獠牙，低着头，正朝着李紫霄似笑非笑地望着。

在这时候，突然出现这样怪物，虽是李紫霄、熊经略技高胆大，也觉骇然。坡上坐着的过天星，原已吓破了胆，经这颗怪脑袋一吓，"啊哟"一声，又昏迷过去。

李紫霄心里一急，抬头一看峭壁顶上，离坡约有十五六丈高下，并无援攀之处，谅那怪物一时也无法下来，可是自己也上不去。正在无法可想，熊经略说道："过天星九死一生，不能再落怪物之手，此地是个孤立的危坡，左右不到方丈之地，难以施展手足，不如你在此保护过天星，由俺引怪物下来，到下面林内去，设法制伏了它再说。"说罢拔出自己随身佩带的宝剑，两足一顿，一个野鹤投林势，向下越过溪涧，直飞到那面近林处所。

李紫霄原想自己下去，却被熊经略走了先着，自己见被昏迷的过天星绊住，一时不便走开，颇为焦急，向上面一看，那颗怪脑袋却已隐去，下面林内熊经略撮口长啸，发出洪亮悠远的丹田长音，震得对面山谷回响不绝，如同千百人啸声，一时并作。啸声过去，却不见怪物露面，李紫霄正在四面察看，忽听下面熊经略喊道："侄女留神，怪物从那面来了！"

李紫霄急向前看时，只见离坡十余丈开外，溪边峭壁顶上，一株凭空横出的奇松古干上，骑着遍身绿毛的一个怪物，绿毛上面似乎又罩着一层金黄色，映着日光，照眼生撷。远看去，那怪物约有六七尺长，略具人形，两条长臂，便有三尺来长，四肢并用，正抓着松树上一支极粗的长藤，向溪面直挂下来，眨眨眼，怪物手脚并用，盘藤而下，到了溪面一丈高下，并不跳落，直向那边荡了开去，秋千似的，又向李紫霄立的石坡上悠了过来。

李紫霄这才明白怪物用意，以为自己夺了它的俘虏，却用藤束悠到坡上来。转念之间，怪物愈悠愈高，离自己立身所在已只几丈远近，回头一看，过天星兀自昏迷不醒，心里一急，不暇顾及利害，乘怪物悠来之际，金莲一顿，一个“健鹞奔空”，凭空纵起五六丈高，照准怪物头上乘势横剑一挥，咔吱一声，朱藤立断。那怪物不防有此一招，悠荡之势甚猛，一经中断，下面怪物如断线风筝，抛过石坡，扑通一声，水花飞溅，直跌在十余丈外的溪流中，跌得怪物随着急流一阵乱滚，腾地跳起身来，张着大嘴，吱吱高叫。

这里李紫霄一剑砍断悬藤，身子也向这面溪涧落下，亭亭立在一块溪石上面，正想追踪过去，和怪物拼个高下，举目之间，已见熊经略从那边溪岸飞身而下，举剑向怪物刺去。

怪物身手很是矫捷，一纵丈许，早已避开。熊经略飞身追去，怪物已跳上溪岸，却张着两条长臂，伸着一双钢钩似的锐爪，蓄势待扑。熊经略大喝一声，一跃上岸，舞起一团剑光，重向怪物刺去。只见怪物竖跳八尺，横跳一丈，朝着一片剑影，团团乱转，口中叫声愈急愈厉，就是熊经略用尽手法，一时也刺不着怪物要害，有时看得明明刺在怪物身上，却只纷纷掉落几根长毛，依然毫不受伤，似乎钢筋铁骨，刀剑难伤。李紫霄怒气勃发，柳眉倒竖，顾不得过天星，一声娇叱，接连几纵，赶到怪物跟前，和熊经略两下里夹攻起来。

这一夹攻，怪物似乎手忙脚乱，有点吃不消了。恰好熊经略乘怪物转身，两手乱舞当口，一剑向肋下砍去。这一下，熊经略用了十成力量，哧的一声，似乎已刺破毛皮，怪物急护痛转身一抓，正被它抓住剑锋。这样锋芒的长剑，怪物铁爪抓住，竟不放手。

李紫霄一见熊经略宝剑被它抓住，慌一个箭步，枯树盘根，横剑向怪物足根扫去。好厉害的怪物，竟像满身解数一般，不待剑锋到身，死命抓住手上一柄宝剑，下面两足一顿，旱地拔葱，直飞上一株数丈高的古柏干上，一阵怪叫。

熊经略大喝道："孽畜休得猖狂，少时便叫你受用。"向李紫霄说道，"咱们同它瞎斗无用，你且少待，我自有法子处置它。"

李紫霄按剑抬头一看，树上怪物，似乎肋下已经受微伤，在树巅上伸开一条长臂，攀住一枝老干，一手拿着熊经略的佩剑，两只火赤的圆眼突得如鹅卵大，瞪着两人，口沫四喷，钢牙咯咯乱响，似乎野性大发，欲得两人甘心。

熊经略却若无其事，慢条斯理地在树下来回大踱。李紫霄莫名其妙，几次想飞身上树，捉那怪物，都被熊经略阻住。却见熊经略一蹲身，从地上拾起几枚石卵子捏在手内，又从怀内掏出那个朱漆葫芦，拔去塞了，顿时酒香扑鼻。原来中午席上，没有吃完，还灌着大半葫芦好酒哩。熊经略举起葫芦，对着嘴，两颊乱动，假装着喝了几口酒，偷眼一看树上怪物，鼻子乱撅，似乎嗅着酒香，减去许多凶性，嘴下馋涎，竟点点滴滴地挂下许多来。

熊经略暗喜，悄悄向李紫霄说道："我们赶快远远避开，好让怪物下来。"说毕，把酒葫芦放在地上，假作不经意似的背着手缓缓走向溪边。李紫霄不明其意，也只好跟着走去。这时两人立的所在，离那怪物树下已有五六十步开外，回头看时，树下酒葫芦倏已不见，原来已到了怪物手中，依然半骑半坐地踞在那横出的古干上，一臂挟着宝剑，一手却抓住葫芦，学着熊经略样子，向阔嘴内咕噜噜直灌，不一会儿，便把大半葫芦远年陈绍喝得点滴无存。

熊经略远远看着它酒已喝完，向李紫霄说道："这种怪物，原是猩猩狒狒一类，最爱学人样子，尤其欢喜红色的东西，喝上酒便醉，醉了便发酒疯。你看它这样钢筋铁骨，却经不起那一葫芦酒，不一会儿酒性便要发作，咱们便可以从中行事，致它死命。但是它周身刀枪难入，只有胸前一片较稀的白毛所在，定是它致命之所，可以赏它一剑。"话未毕，猛听怪物在树上吱吱怪叫，两人转身一看，只见它手上一柄剑、一个葫芦都掷下地来，一忽儿又纵身下来，捧起朱漆葫芦，纵上树，捧着葫芦，嗅个不停。它直上直下，身轻如燕，在五六丈高下来往自如，毫不费事。

熊经略悄悄说道："你看那怪物喝了这半葫芦酒，便发起酒疯来了，待它精疲力乏时，咱们再下手不迟。"两人说话时，那怪物蹿上蹿下，一刻不停，竟似忘记强敌在侧一般，不一会儿，倏见他长臂一扬，两足在树枝上一蹭，凭空斜纵起七八丈高，直向溪涧中跳去，扑通一声水花溅起多高，竟自在溪水中竖蜻蜓翻筋斗，大撒酒疯。

第四章　小虎儿得彩头

怪物跳入的溪涧，距熊、李两人所在，也不过四五丈远近，中间却有十几株合抱的大树挡着。熊经略捏紧两手石卵，鹭行鹤伏，借树掩蔽，蹑隐过去。李紫霄也倒提流光剑，如法跟上。熊经略轻轻掩到怪物相近的溪边大树后身，留神怪物举动，见它蹲在溪中，用手拍着溪水，似乎比前安静了许多。熊经略知它酒力发动，发了一阵酒疯以后似乎昏昏欲睡，正是制它的机会，慌一步转出树后，先举起右手，啪的一声，一枚石卵，宛如弹丸，脱手飞出，眼看已到怪物胸前。

不料事有凑巧，怪物正把绿森森的长臂一抬，啪的一声，那枚石子正击在怪物那条长臂上，把石卵反撞开去一二丈远，落在对面溪岸上了。可是怪物被这枚石子一惊，倏地立起身，长发四披，昂头乱顾，两颗火眼金睛，又在放凶。熊经略不敢怠慢，早已两手都预备好石子，左右齐发，急如流星，又是噼啪几声，一枚中在怪物肩上，一枚恰中前胸，虽然一样撞落，却见怪物吱的一声怪叫，在胸前一阵乱抓，绿长毛根根直竖，形状可怕已极，一个掀天拗鼻，四面乱嗅，忽地长臂一扬，向李紫霄隐身的一株大树奔来。

熊经略刚喊了一声：“侄女当心！”那怪物舒开两只爪，连树带人抱住。好个李紫霄，并不慌忙，在怪物伸爪之际，早已一矮身，从怪物肋下转出，一看怪物兀自抱住大树不放，一声娇喝，奋起长剑，向怪物背脊上刺去，铮的一声，火星四爆，如中铁石，刺得怪物一声厉吼，抱住大树乱蹦乱跳，把一株合抱的古柏，撼得呼呼乱响，落叶纷飞。

原来这怪物嗅觉极灵，嗅出树后有人，发起野性，连人带树抱住，人虽抱不着，怪物两只钢爪，真够厉害，插入树中有几寸深，又觉背上被人刺了一剑，虽然背脊坚如钢铁，刺不进去，也觉一阵剧痛，急想转身奋斗，苦于两只钢爪插入树中，急切拔不出来，这时身后又中了几剑，惹得它凶性大发，把大树乱摇乱撼，闹得沙石乱飞，山风怒号，声势颇为惊人，猛听得巨雷般一阵爆裂声，树皮片片飞裂，那样大的柏树，竟被怪物生生裂下半边，脱出两只钢爪来。树身半裂处，一阵奇香，白色的乳浆，喷射老远。那怪物钢爪一脱，凶焰益张，倏一转身，全身一抖，张开两臂，又向李紫霄扑来。

这时，熊经略早已赶到，又同第一次一样，两人把怪物夹在中间，狠斗起来。熊经略全凭内家真实功夫，运用一双铁腕，和怪物周旋，两人夹击多时，兀自制不住怪物。照说两人本领，非同小可，尤其熊经略功候纯青，还胜李紫霄十倍，无奈这种稀世怪物，非同寻常，一身钢筋铁骨，任你用尽如何厉害的重手法，它都担任得起，加上两只长臂，挥舞如风，急切难以伤它要害。最奇是，怪物胸前白毛所在，被熊经略打中了一石子以后，怪物似乎知道这是自己致命所在，斗起来，保护得异常严密。怪物只要保护胸前尺寸地方，其余都可悍然不顾，而熊经略、李紫霄却要留神怪物两爪，看它裂树之力，两爪足有千斤力量，万一被它抓住，便难脱身，两臂又比人长了一倍，纵跳又比人灵便，这一来，便宜了怪物不少。

李紫霄未免心中焦急，恰好熊经略奋起神威，在怪物旋身对付李紫霄之际，一腿起处，正踢中怪物腿弯。怪物也禁不起这一腿，毛腿一屈，一个踉跄，向前跌了出去。李紫霄一见有机可乘，一纵身，跃出侧面，趁旋转之势，横剑一挥，向怪物前胸横砍过去。怪物向前跌去，正留不住腿，两只长臂又向前伸得笔直，想在前面大树上撑住身子，万不料剑如长蛇，已到胸前，势难躲避，只听得吱的一声惨叫，怪物胸毛纷落，血花四射。李紫霄大喜，满以为这一剑已中要害，不难再一剑结果怪物。

哪知怪物胸骨高突，致命之处，只有胸窝凹进的一点地方，如果李紫霄向前胸直刺，自然直透心窝，不难立时致死，无奈剑从侧发，虽然砍到前胸，却被高出的胸骨格住，只在李紫霄抽剑之际，剑尖余锋所及，把怪物白毛所在割破皮肉小许。幸喜怪物另有特性，最怕自己流血，一看自己致命所在，皮破血流，吓得一声惨叫，两足一顿，倏地飞上树枝，穿枝越干，没命地向谷外逃去。

熊经略、李紫霄正想飞身追赶，忽听得怪物又是一声极惨厉的怪叫，重又翻身奔了回来。

怪物在树梢上飞行了几步，似乎一个失足，从七八丈高的树上掉了下来，正跌在一块大石上面，把怪物跌得像肉球似的反击起丈许高，重行跌下。怪物满不理会，腾地跳起身，两爪握住一个毛脸，飞也似的冲了过来，似乎跌昏了心，这一冲又冲在一株参天古柏树上，来势既猛，弹力又大，又把怪物跌个发昏。这一来怪物野性大发，兀自两手握住脸，在树林内瞎了眼似的乱冲乱撞，没个停止。在它奔突之所，四面尽是千年古树，被怪物东一冲西一撞，又闹得树摇枝舞，石走沙飞。那怪物恰像进了八阵图似的撞得昏头晕脑，筋斗连翻，总撞不出林外去。

熊经略、李紫霄都看得莫名其妙，自以为怪物酒性未尽，奈何不得两人，和几株大树出气，再一细看，却见怪物两爪握着脸，一缕缕鲜红的血水，从两只铁爪缝内汩汩流出，点点滴滴顺毛而下。

两人一看这样情形，才恍然大悟，明白怪物两眼受伤，所以握着脸这样瞎撞，但不知怪物一上树，飞行没有多远，两眼何以忽然受伤，跌下树来，兀自猜不出所以然来。两人一商量，正想赶去乘机刺死怪物，忽听得谷口不远一株古柏上，有人喊道："姊姊，我躲藏在此多时了!"

李紫霄吃了一惊，听出是小虎儿声音，却因树林层蔽，看不出他藏身所在，慌遥应道："是虎弟吗？躲在树上，千万不要下来，当心伤着你。"说了这句，一眼看见熊经略已飞身奔到怪物所在，她来不及找寻小虎儿，慌忙一个箭步，挺剑赶去。

这时，怪物在几株大树中东跌西撞，已折腾得精疲力绝，气如牛喘，两眼又瞎，不辨方向。熊经略赶上前去，并起两指，疾向怪物胸窝点去，吱的一声，立时透胸而入。李紫霄赶上又加一剑，直进心房，这样双管齐下，怪物如何经受得起，又吃亏了两只瞎眼，钢爪虽凶，两臂虽长，无法抵抗敌人，只落得一声惨叫，跳起丈余高，跌下来四肢乱舞，一阵翻腾，竟自死在地上。

怪物既除，两人正想招呼小虎儿下来，却见他很快地奔到身边。

李紫霄数说他道："你这孩子，叫你不要来，你却胆大如天，竟独个儿偷偷溜进谷来，万一被这凶狠的怪物抓住，那还了得?”

小虎儿鼓着嘴，悄悄自语道：“没有我用金钱镖打瞎两眼，看你们制得住它才怪哩。”

李紫霄一听怪物两眼，原来是他打瞎，又惊又喜，慌问：“你怎样凑巧打中怪物两眼呢?”

小虎儿笑道：“你们走后，我想见识见识谷内怪物，究竟怎样长相，再说过天星生死不明，心里放不下，决计跟在你们身后，偷偷走来。俺同女兵们回到牛脊岗下，向她们撒了谎，独自溜了出来，不料你们脚步太快，俺略一迟延，便找不着你们的踪迹了。好在穿过一片松林，便是白骨坳，认定谷口，左绕右转地走来，可是路太崎岖，遍地碎石丛木，好容易奔进谷口，正听得满谷飞沙走石，呼呼怪响，吓得俺不敢近前。

“忽见一个遍身绿毛的怪物，一跳丈把高，在前面树林内，呼呼乱跳，同时又看见姊姊剑光，和熊师叔的呼喝声，料到已同怪物斗上。俺没见过这种怪物，哪敢上前，急向身边一株数丈高的古柏树纵了上去，直盘顶上枝叶丛密处，隐住身子，满想悄悄偷看你们争斗情形。不料躲在树顶上，四面都是绿沉沉柏叶，比树下还要看不清楚，空自替你们出了一身冷汗，侧着耳朵听了半晌，谁知你们打了一阵，忽然停手，待了一会儿，又听得山摇地动地打了起来，正听得出奇，猛的一声怪叫，那怪物从树顶上飞也似的向俺所在奔来。俺这一惊非同小可，以为怪物看出俺躲身所在，想来个顺手牵羊，慌急中不由分说掏出满把金钱镖，用姊姊才教我那手刘海撒金钱的绝招，向怪物夹头夹脸掷去。万想不到，瞎撞瞎中，怪物负痛，一翻身，便跌下地来，便被你们容容易易地除掉了。俺此刻看这怪物凶悍的尸身，兀自胆战心惊哩，究竟这怪物是什么东西变的呢？”

熊经略大笑道：“你这小小年纪，一出手便得了彩头，胆气也不错，好好地用功夫，将来定有成就。至于这种怪物，俺初见时，还猜不定它是什么东西，后来接连听它叫声，和一切举动，便明白了。这类怪物，古今来很是少见，原是秉天地山川的戾气所生，它一出现，不是刀兵四起，便是国破家亡。这怪物在古书上叫作‘独’，也是猿猴一类，但是这怪物一出娘胎，便把同类尽数追尽杀绝，剩了自己独个儿才快意，又天生一副钢筋铁骨，力大无穷，便是虎豹遇上它，也是望影而逃，所以这怪物出没处所，绝对找不出另外一禽一兽。

“照古书上说，猿啼三，独啼一，便是说怪物叫的声音，只有极单调的一个凄锐的叫声，和猴猿长啼短叫不一样，而且性质特异，既无同类，也无配偶，不阴不阳，独往独来的一个怪物。所以古人替它起个名字叫作‘独’，后人便把这字，形容到人类上去，像鳏寡孤独等字义便是。讲到鳏寡孤独的‘鳏’字，也是一种畸形鱼类，正和‘独’相仿。万想不到此地会出这类怪物，眼看中原一片锦绣江山，要生灵涂炭了。”言罢，一声浩叹，频频搔首。

李紫霄也不禁胸有惆怅，抚剑叹息。

大家沉默半晌，小虎儿忽想起一事，跳起来大喊道：“怪物既除，过天星那班人，究竟有无踪迹呢？”

熊经略一掉头，指着溪面危坡上，笑道：“那不是过天星好好地坐在那儿吗？”

李紫霄、小虎儿都向坡上望去，果然过天星颤巍巍地在坡上晃动，远看去竟像一个穷叫花一般。

原来怪物出现、李紫霄斩藤追击当口，过天星已经吓昏过去，下面几番争斗，他毫未知觉。熊经略、李紫霄也照顾不到他，直到此刻才悠悠醒转，全身痛处，骨软如泥，几次挣扎，如何立得起来？但是坡下熊经略、李紫霄、小虎儿互相立谈，和地下横着的怪物尸身，依稀看出，知怪物已除，连小虎儿都到此了。熊经略知他动弹不得，重又飞身上坡，把他夹在肋下，飞身下来，放在林下平坦处所，又从树下捡起自己酒葫芦和那柄佩剑，曳在腰下。大家一商量，仍叫小虎儿回去通知牛脊岗女兵们，到白骨坳来扛抬过天星和怪物尸身。

小虎儿走后，熊经略、李紫霄又设法到四面峭壁危崖上寻找一番。这一寻找，便找出过天星带来的四个寨兵，都被怪物弄死，也有塞在石缝里的，也有吊在崖树上的，只好由女兵们，设法掩埋。诸事完毕，天气差不多傍晚，当即率领女兵们，扛着过天星，抬着怪物尸首，回转山寨。

李紫霄、熊经略、小虎儿，率领了女兵寨卒，扛着怪物尸首，抬着受伤的过天星，一路急行回寨，轰动了全寨老幼，把寨门口一条长长的甬道，挤得水泄不通。寨内黄飞虎、翻山鹞等得知消息，也一齐拥了出来。霎时火炬如龙，人语如潮，寨卒们提着皮鞭，分开闲看的人，让出走道，接着总寨主一行人，到了聚义厅，先将过天星扶回卧室调养。这里李紫霄便发命令，将怪物尸骨，摆在寨栅口示众，再把皮剥下来，蒙在聚义厅第一把交椅上，作为永久纪念。此后山寨人民，都知怪物已除，白骨坳地方，一样可以采樵打猎，好不喜欢，把李紫霄愈发当作天神般看待。

这天晚上，大家席散后，都知总寨主、熊经略一天辛苦，未免身乏，不敢多谈，好让贵客早早安息，一个个都散归自己处所。李紫霄心里有事，也巴不得众人散去，好同熊经略细谈心胸，不料众人散后，唯独路鼎、袁鹰儿二人，好像吃了齐心酒似的，跟定了熊经略，有一搭没一搭地扯东谈西，偏是熊经略海阔天空，也是滔滔不绝。李紫霄没法，先自立起身，领着小虎儿回后寨。

路、袁二人一见李紫霄回去，正中心怀，谈锋一转，正想启齿，熊经略忽地向外一指道："今天月色大佳，我们何妨到后寨岭上，盘桓一下？"

袁鹰儿、路鼎慌立起身，陪着他缓缓走向岭上，两人回头一看，见身后跟着几个贴身寨卒，一挥手，叫他们避去。他们三人走上秤杆岭最高处所，恰好后寨李紫霄住的一所小楼，正在岭腰，两人留神李紫霄寝室楼窗，兀自灯光闪闪，楼下几个佩弓带剑的女卒，也人影幢幢，时来时往，便料得熊经略也许和自己一样，别有话讲。

两人正在胡思乱想，熊经略忽向他们问道："我们师兄在世时节，你们两人既有这样师父，当然得到一点益处。"

袁鹰儿慌答道："说起来都惭愧欲死，俺们两人从小便与李老师傅早夕相见，无奈李老师傅真人不露相，谁也不知他是内家高手，直到俺们俩年纪长成，在江湖拜师访友回来，从江湖上先辈口中，才探得李老师傅当年名气，急速赶回，在李老师傅面前苦苦哀求，总算列入门墙，可是起首路已走错，比初入门的还要费事，不到一年半载，李老师傅又撒手归西，返魂无术，越发绝望。我俩提起此事，认为终身遗恨，天幸先师一身本领，传授了俺们师妹，足以保障一方，三义堡全堡父老身家性命，此后全仗俺师妹维持，一半也要追念先师在天之灵呢。"

熊经略点头叹息道："人生如露如电，真也难说，两位虽然把千斤担，搁在俺侄女身上，但是她强煞是个女孩儿家，年已及笄，难道就这样下去吗？俺师兄志向未了，撒手而去，偏又误打误撞地遇见了她和她的弟弟。不瞒两位说，这种地方，俺是一刻不能留的，现在为了她姊弟两人，倒惹起了我一腔心事，想我师兄在天之灵，鬼使神差，引我到此，替他了此一桩身后大事，但是……”

熊经略刚说到此处，忽见路鼎一脸惶急之态，倏地矮了半截，直挺挺跪在他面前，一颗头却只管低了下去，几乎贴在胸口上了。

熊经略诧异道：“你为何如此，快起来，有话好说！”

路鼎不便开口，却由袁鹰儿婉转说道：“你老不知，我们路兄，思慕师妹，非止一日，撮合的人，也不知费了多少心机，俺们师妹也未始不知，便是这次千里长途，来迎你老，也因师妹在晚辈面前露过口风，只要请到大驾，此事便可商量。现在幸蒙屈驾成全，万事俱备，只欠一位月下老人，路兄早和晚辈商量多次，难得你老提起此事来，路兄情不自禁地跪求你老成全了。”

熊经略呵呵笑道：“想不到你们两位跑到几千里外，来请我撮合你们婚姻的，我还蒙在鼓里，只当你们来救我出狱哩。”

路鼎被他说得不好意思，弄得没有话说。

熊经略笑道：“起来，起来，不瞒你们说，我这人脾气特别，不愿管的事，凭你跪在我面前三天三夜，也是白费，偏逢我顾虑到她终身大事，你的家和你们三姓的渊源，我也明白一点。既然她自己露出口风，也许我这撮合佬不致碰钉子。现在这样办，回头我探一探她意思再说。”

路鼎大喜，倏地跳起来，连连打躬。袁鹰儿一看大媒请好，向路鼎使了眼色，两人便告辞而别。

第五章　总寨主做了新娘子

熊经略独个儿赏了一会儿明月，便想回身，忽见岭腰松林内，款款步出一位美人来，月光映处，益显得风鬟雾鬓，绰约多姿，仔细一看，正是李紫霄，见她不带随侍女兵，只携着小虎儿缓缓走上岭来。

熊经略暗道："我这侄女，真是巾帼中不可多得的人物，谁看得出来是雄踞山寨的女英雄？怪不得路鼎这样哀求了。"一阵思索，李紫霄、小虎儿已到跟前。

李紫霄笑道："侄女在楼窗内，望见路、袁两人，随着师叔到此，一忽儿又鬼鬼祟祟地回去了。"

熊经略大笑道："他们举动瞒不了你的眼睛。他们此刻求我的情形，当然你也看见了。好在你不是世俗女子，有什么主意，尽管对我说，趁我在此，好替你做主。"

李紫霄沉默了一忽儿，忽然整色说道："此事暂且撇开，侄女本有一桩很要紧的事，想求师叔俯允，不想被路、袁两人鬼混，哄闹了一阵，好容易等他们一走，才急急赶来。这里好歹要求师叔看在先人面上，成全侄女的了。"说着，便同小虎儿一齐跪了下去。

熊经略诧异道："你也有事求我，难道又是你请我到此的那个主意吗？论理你的事，无论如何为难，我不能撒手不管，只是那桩事，却勿强人所难。我实在难以答应。"

李紫霄道："师叔，不要误会，那桩事，侄女早已说明，既知师叔是自己人，怎敢侮辱师叔？"

熊经略道："咦，除此以外，还有何事？快起来，有话便说，不必如此。"

两人起立，三人就在岭上几块大石上，拂土分头坐下。

熊经略催问："何事，这样郑重？"

李紫霄微笑道："先父弃养以后，在侄女心上一桩最大的事，便是想培植虎弟，成个人物，不致有损先父声名。师叔请想，虎儿一年大似一年，在这山寨混迹，耳濡目染，气质易变，万一走入歧途，侄女如何对得起先人？幸而天缘凑巧，蒙师叔千里光降，侄女想来想去，只有跪求师叔，把虎弟收为徒儿，传授他一点真实本领，非但侄女终身感激，连黄泉老父，也要衔环结草的。"说罢珠泪盈盈，重又跪了下去。

熊经略双手扶起李紫霄，长叹一声道："你这一番话，我也很受感动，我真无法推辞。论小虎儿资质，我也乐意陶融，但是我不能在此教导。既然你一心把他托付与我，只有带着他随遇而安了，你能放心吗？"

李紫霄道："侄女早已想好主意，留得住师叔，果然最好，留不住时，任凭师叔海角天涯，带他同去便了。"说罢，便叫小虎儿当地行了拜师大礼。

小虎儿年纪虽小，却也知道这位师傅不比他人，只要自己用心，准能得着好本领，心里非常快活，恭恭敬敬地叩头跪拜，拜罢起来，便垂首侍立于侧。

李紫霄又说道："论理这样拜师大典，未免草草，无奈侄女不愿意不相干的人知道，此时却是好机会，未免亵渎师叔一点。"

熊经略大笑道："这种小节，俺素来不理会，你说不愿意人知道，正对了俺心思。不瞒你说，俺从此以后，便要隐去真名实姓，仿效个世外逍遥的人。这里的人还口口声声称俺经略，反而教俺难受，万一传扬出去，更不适当，所以俺决定明天悄悄一走。可有一节，你弟弟总算托了我，从此由我管教他，你可放下心了，但是你弟弟一走，你究是一个女儿，举目无亲，孤零零在这虎狼之窟，毕竟不安。

"我看路鼎这人，心地气质都还不错，虽然本领配不上你，门第家世，也还相当。再说你们三义堡三姓渊源，不比他人，你现在统率这一班好汉，他们如何能够持久，便把塔儿冈地产尽量开辟起来，也是缓不济急。倘然有路鼎担当，他的家资产业足可帮助你雄踞待时。依我之见，不如你们两家便联了姻吧。我这一番话，却不是给路家说媒，是完全替你想的。你是聪明的人，当然想得周到，此刻别无外人，何妨对我说个明白呢?"

熊经略一口气说完这话，却见李紫霄梨窝微晕，只管沉吟半晌，才说道："侄女何尝不知道，便是先父弥留当口，也曾提及侄女终身大事，注意到路鼎身上。路家屡次求婚，侄女不是不答应，只因热孝在身，弱弟尚未成立，不愿举行此事。现在到了此地，又是骑虎难下。再说强盗窝里举行此事，将来也被人耻笑，而且……"

熊经略不待她再说，抢着说道："你所虑的事，兀自闺阁之见。

既然到此地步，也只好做一步是一步。依我看，天下乱源已萌，不久鼎沸，将相本无种，男儿当自强，只求你们夫妻抱定为民为国的主意，将来定有机会到来。俺此去云游天下，难免结识几个英雄人物，也许有助你们一臂之处。你们夫妻二人，把山寨整顿得好好的，也可以成一旅之师，依然可以垂名竹帛。现在山寨基础未稳，正应该合力同心。你与路鼎如果没有特殊障碍，不如早早完成大事吧。”

李紫霄听得连连点头，倏地含泪跪下，低低说道：“师叔教诲，怎敢不从，无奈侄女形单影只，别无长辈主持，只有求师叔屈留几天，替侄女做主吧。”

熊经略笑道：“天下事真是难说，这一来，又不由我不依你了。好好，明天我定有两全其美的办法，现在我们回去吧。”于是三人返回后寨，路鼎婚姻，总算片言定局了。

第二天清早时候，袁鹰儿便上后寨探问。熊经略早已想好主意，安排妥当，却故意对他说道：“事颇棘手，一时难以打动。现在她有一桁最要紧的大事，立刻要办，她已打发女兵们传谕各位寨主，立时齐集聚义厅，听候命令，我也跟着就到，快去，快去！”

袁鹰儿惊疑不定，又不敢多问，慌不迭去知会路鼎同到聚义厅来。来到厅上，见黄飞虎、翻山鹞、黑煞神等已在，过天星一夜调养，业已复原，也在其中。路、袁两人进厅，众人招呼，翻山鹞等以为袁、路两人是总寨主近人，必定知晓今日聚会的事，谁知一问两人，同众人一般，你问我，我问你，都是暗中摸索，猜不出所以然来。

待了一忽儿，熊经略、小虎儿到来，却不见寨主李紫霄同来。众人慌请熊经略高坐。

熊经略两手一拱，笑吟吟说道："今天惊动诸位，并不是俺侄女主意，却是俺同她商量好以后，请诸位到此一谈的。这桩事，可以说完全由俺主动，可是关系贵山寨的兴隆，因为俺师兄去世当口，曾留有遗言，说是三义堡路、袁、李三姓，必须始终保持密切关系，又看中了一个爱婿，临死时，已在俺侄女面前露过口风。在俺侄女自己虽然没有说出详情，但是我已知道，既然凑巧到此，必须替她做主，完成她终身大事，好对得住我去世的师兄。她终身有了着落，便可一心一意整理山寨，此后她放手做事，也可便利一点。诸位也可同舟共济，做出一番大事业来。"

说到此处，话锋略停。这其间，却急坏了路鼎，喜煞了袁鹰儿。在路鼎当局者迷，一听到李老师傅在世时已看中了一位爱婿，必定另有其人，品貌本领，必定胜过自己百倍，这样一思想，焉得不急？但是袁鹰儿却旁观者清了，他先听到三姓必须始终保持密切关系，后说的那位爱婿，不是路鼎还有哪一个？熊经略先头说的事情棘手那句话，无非故布疑阵，略做惊人之举罢了。

不提两人暗地乱想，一忽儿，又听熊经略向袁鹰儿笑嘻嘻地指道："凑巧这位袁兄，早已把大媒责任扛在肩上，向俺侄女不知提过多少次，说的那位新郎，也正是俺师兄在世时看中的那位爱婿。"

这一句话，听在路鼎耳内，宛如震天价一个大霹雳，凭空当头打下，又像打下的不是霹雳，却是一个九天仙女，心里惊也惊得过，喜也喜得出神，又加上立在身旁的袁鹰儿，暗地扯他衣襟，益发急于想听出下文，可是心腔子里咚咚乱跳，一上一下，宛如十几个吊桶在水井内来回打滚一般。熊经略以后说的什么话，发誓也听不出一句来，只听得众人一阵拍手欢呼，轰的一声，立时把他围住，贺喜的，说笑的，撮弄得腾云驾雾一般，闹了一阵，总算袁鹰儿能说善道，把他架出重围，溜回两人住所。

路鼎坐了片时才觉心神安定，一开口，便说了一句："熊经略这样大恩大德，教俺怎样报答？"

袁鹰儿大笑道："我的路兄你怎么啦，难道真乐糊涂了吗？佳期就在眼前，多少正经事要你去办，怎的说出这样痴话来？"

路鼎茫然道："怎的佳期就在眼前，究竟熊经略说什么话来？"

袁鹰儿笑得打跌道："原来你真乐迷糊了，大约熊经略以后对众人说的许多话，你都没有入耳。他说路、李两家婚姻就此定局，他是女媒，我是男媒，而且因为没有尊长，他也算女家主婚的长辈，又因为他不能在此多留，明日恰是黄道吉日，一切俗礼，尽行删去，你们两人，就在明天正午，在聚义厅上交拜，后寨就做洞房。三义堡分寨，暂请黄寨主主持，好让你腾出身子，稳做新郎，所有张灯结彩，办喜庆筵席，犒赏全寨士卒，都已派定干练头目，连夜分头赶筹起来，不信你此刻再到厅上去看，保管已焕然一新了。你想时机这样迫促，你难道真个百事不管，光身做新郎吗？"

路鼎一听，急得跳起身来，拉住袁鹰儿道："我不知事情办得这样急促，不怕简慢了俺们师妹吗？"

袁鹰儿忍住笑声，说道："谁说不是，但是他老人家独断独行，谁敢道个不字。"

路鼎又道："现在咱们两人得速回三义堡去，筹备一切，我总要对得起我师妹才是。袁兄你好人要做到底，帮我赶回咱们三义堡去，知会家里人置办应用东西才是。"

袁鹰儿道："紫霄师妹不比他人，又关系着山寨面子，男女两家应办东西，都在你一人身上。至于装饰洞房，置备妆奁，那是万万来不及的，好在师妹是女中豪杰，这种东西满不在她心中，只要你礼貌周全，诚心诚意，也就罢了。倒是总寨分寨，上上下下一切人等，满得重赏，于你面上也风光。依我看，事不宜迟，咱赶回三义堡筹备犒赏羊酒财帛，知会三姓父老集寨贺喜，才是正理。”

路鼎连连称是，于是两人备了几匹快马，带了几个得力人，也不通知别人，立时飞也似的赶回去了。

当天晚上，两人又赶回山寨，大家手忙脚乱，分头办事，人多手众，易于告成，各处分寨和三义堡三姓族人俱都到来，连各处山头好汉，也纷纷闻名赶到，参与婚礼，顿时把塔儿冈上下弄得人来人往，宾客如雪。李紫霄身为总寨主，变了新娘子，一时难以见客，只好分派黄飞虎、翻山鹞分头款待，黑煞神、过天星内外纠察，老狪狪管理聚义厅上的喜堂。女家总提调是熊经略，男家总提调是袁鹰儿，其余全寨头目和路、袁两族父老，都派定执事，倒也井井有条。

一宵易过，转瞬便到了第二天正午吉时，忽听得厅内，赞礼的一声高唱，阶下鼓乐又细吹细打起来，寨门外又是嗵嗵几声炮响，接着噼噼啵啵鞭炮声，直响到后寨去。原来这时新郎路鼎，全副戎装，骑着雕鞍鲜明的高头大马，带着二十多名雄赳赳的堡勇，到后寨举行迎亲之礼去了。

待了一忽儿，袁鹰儿如飞地跑进聚义厅，向众人一拱手道：“吉时已到，新郎已迎将来了。”话言未毕，寨栅外又是震天价几声炮响，聚义厅阶下一条甬道上的人们，春雷般一声欢呼，立时波分浪裂般两下分开，让出一条长长的道路，显出一对绣字大旗来，旗上却绣着“三义堡分寨寨主路”几个黑字，旗后紧跟着二十多名壮勇，一对对披红插花，手捧提炉，炉内香烟缕缕，笼罩着喜气洋洋的堡勇，缓缓趋近阶下，倏地分开，相向而立。壮勇对面立定，銮铃响处，新郎诚惶诚恐地翻身下马，由厅上黄飞虎、翻山鹞迎扶进厅，直到正中香案前向北立定。

这时聚义厅大非昔比，厅前挂灯结彩，当然不用说，便是厅内也布置得锦绣辉煌，正中香案点着蟠龙舞凤的臂膀粗巨烛，兽鼎内焚起百合异香，屏风上挂了一副刻丝的三星大轴，其余罗列着奇珍异宝，绣帐罗屏，把袁、路两家宝物和山寨历年积存的贵重物品，都装饰得干干净净，连寨主的几把虎皮交椅，也改头换面，给锦绣交错的帷幔遮住了，只有从白骨坳怪物身上剥下来的那张金碧毛皮的第一把交椅，却依然高供在香案上面，说是山寨规矩如此，总寨主的交椅不能随便移动的。

这时新郎一到，赞礼生又高唱入云，前边厅外乐声刚住，寨门外炮声又作，可是寨门外人如潮涌，呼声震天，宛如千军万马一般，反掩住了迎接新娘的礼炮声。

厅上众人吃了一惊，以为发生了事故，慌派人赶去一探，原来满不相干，却是瓦冈山、塔儿冈、三义堡三处赶来看热闹的男女老幼，把寨栅外一片广场，拥挤得万头簇动。等得新娘子彩轿和一行执事到来，众人呼声雷动，一齐包围住新娘轿马，都想看看总寨主装扮成新娘的风采。新娘子身边女兵寨勇们，又都和这班看客厮熟，平日原是一家人一般，怎敢逞蛮驱逐，呼的一声，早已把一行整整齐齐的执事，冲得七零八落，把新娘彩轿围挤得水泄不通。

众人一半好奇，一半李紫霄平日对待三处寨民，抚慰体恤，如同家人一般，再者又都是女兵寨卒的家属亲友，平日听熟了总寨主怎样姿色，怎样本领，怎样智慧，个个人心里都当她天仙一般，这时改装了新娘子，益发要看个饱了。

厅上各寨主一听新娘被寨民包围，恐怕误了吉时，慌派了几个出去，高声晓谕，哪知护卫新娘的熊经略，依然披着一件破道袍，挡在新娘面前，早已连说带笑，大声说道："诸位高邻，不要乱挤。新娘是总寨主，今天做了一次新娘，明天还是总寨主。诸位要看，明天后天有的是日子，尽管慢慢来看，何必忙在一时？如果诸位拥挤不去，误了吉时，这不是玩的！"

他这样一喊，看热闹的人明白事理的，也齐喊道："这位道爷说得对呀，咱们全仗总寨主顺顺利利地保护咱们，今天是她老人家大好日子，咱们不要误她的吉时才对呀，众位乡亲散散吧！"

这一下，众口同声，立时像蝼蚁归洞般，纷纷散开，让出中间直连寨门的一条道来。女兵寨卒依然执着仪仗，排列成行，向寨栅门内鱼贯而进。

这几队仪仗，却比新郎来得威武堂皇了。第一队为首一个山精似的头目，卖露他的膂力，捧定一面长逾二丈的大旗，镶着火红蜈蚣穗，迎着风猎猎山响，中间绣出"塔儿冈总寨主李"几个大字，身后几十个精壮寨卒，一色荷着映日耀光的长矛，矛上都结着红绿彩球。这一队过去第二队又是两面绣旗，分绣着"卫乡保国""除暴安良"八个字，旗后二十四个鼓吹手，吹打着异样细乐，听之心醉。众队都是挂红插绿的女兵，提炉的，撑扇的，执拂的，捧剑的，一个个迈开扁鱼大脚，昂头而进。这班大脚婆婆后面，才是翠帷绣幙、四平八稳的新娘轿子，两旁拥护着十几个娇俏的女兵，全身软甲，挂剑背弓，很是英武。新娘轿后，跟定两匹骏马，马上便是送亲的熊经略、小虎儿了。

这队仪仗到了聚义厅下，也两面分开让新娘轿子直抬到阶下。熊经略、小虎儿弃鞍下马，由袁鹰儿等迎接进厅。这时厅上、厅下，鼓乐喧天，三吹三打已毕，又听得堂上赞礼生提着丹田音，高唱一套照例吉词，然后唱起新贵人、新玉人就位，行交拜礼的仪词来。这时赞礼生宛同百万军中的司令官一样，谁也得听他的话。

他一声高唱，新娘轿边几个女兵，慢慢打起轿前绣幔，扶出总寨主来。厅上下各寨主头目人等，谁不注视在彩轿中间，一经轿帘卷起，众人眼前仿佛打了一道电闪，再仔细看去，才认清女兵们扶出珠冠霞帔、玉佩云裳的美人儿来，比较平日淡妆素服，玉骨冰肌，又是不同。此时只觉雍容华贵，仪态万方，但是众人尽量看了个饱，只有那位新郎路鼎，早已面朝里，背向外，诚惶诚恐地立在香案前红毡上，哪敢回过头来看一眼呢。好容易，等得美人驾到，香风阵阵从背后袭来，又听得环佩叮当，夹杂着佩佩锵锵，已到红毡上面。饶是路鼎英雄，到这地步，也觉心头乱跳，满身不得劲儿，只好眼观鼻，鼻观心，怡恭将就地听赞礼的摆布。

一霎时，嘉礼告成，大家送新郎、新娘进了后寨的洞房，照俗礼和大家的性气，恨不得尽量闹一闹洞房，向路鼎大开玩笑，但是新娘是总寨主身份，平日威严肃穆，领袖群英，大家如何好意思露出轻佻举动来，又加上一位不怒而威的熊经略，监视在旁，只可老老实实地退到厅上，大闹喜筵，尽量喝酒了。

众人正喝得兴高采烈之际，忽听得寨卒们报道："总寨主和路寨主亲来道谢。"一语未毕，七八个女兵已簇拥一对新婚夫妇，缓步进厅，寨外又奏起安席细乐，众人慌一齐起立，却一眼看到盈盈卓立的李紫霄，已换了个样子，把交拜时的官装，去掉得干干净净，依然是平日的素服练裙，只有面上脂粉，尚未洗掉，路鼎也换掉华服，比平日还要朴素些。

两人一进厅，李紫霄敛衽，路鼎抱拳，向全厅席上致敬，路鼎并说了几句谦谢的冠冕话，即由几个女兵，抢起酒壶，代他们夫妇分头向各席敬酒。

这时厅上也有不少因亲及友，借此观光的三山五岳成名好汉。靠左第一席上，便有两个魔头在座，一个是过天星幼年一起从师练武的同学，是襄阳人，绰号“笑面虎”，约莫有三十多岁，生得阔面浓眉，豺声鼠目，外加一脸横肉，满颊疮痂，不笑则已，一笑起来比哭还难看。此人原是襄阳一个恶霸，一面结交官府，鱼肉良民，一面又坐赃窝盗，无所不为。他不知从何处得知过天星在塔儿冈坐了交椅，又得知塔儿冈英雄了得，威振一方，起了拉拢念头，特地备了几样名贵礼品，邀了一个本领高强的盟弟，指名来见过天星，却不料正赶上山寨举行喜事，居然也混充起贺客，高踞厅上筵席了。和他同来的那位盟弟，在长江上下游，大大有名，不论是谁提起他来，都是吓得变貌变色。

第六章　喜席上的三个贺客

原来此人是长江一带出了名的独脚飞盗，外带着到处采花。他做的案子，不计其数，却从来没有破过案，因为他一身软硬功夫，倏来倏往，无迹可寻，官厅捕役，非但不敢同他拼命，反而暗中得他贿赂，上下其手。这其中，一半也因有笑面虎庇护他，愈发可以逍遥法外了。

这人匪号也特别，叫作“红孩儿”（《边塞风云》中详细表出），因为他天生一副短小身材，全身不够三尺长，却又长得一张白里翻红的俊俏面孔，虽然年已二十出外，看外表兀自一个十几岁的童儿。他利用这副短身材，每逢晚上作案，便穿上小孩的红色短衫裤，又截短了长发，剪成一圈齐眉刘海，两边又梳了两支冲天杵小辫，冷不防飞进大家绣闱，女娘们骤然一看，真还不疑他是采花大盗，当他是邻居顽童哩。有许多无耻娘们，被他破了贞操，反爱上了他，留在深闺中，十天半月不出来，也是常有的事。这次他在笑面虎家中盘桓，听笑面虎说起塔儿冈总寨主是个少女，如何美貌，如何本领，说得他心痒难搔，拉着笑面虎非要同去不可，因此两人搭档，同到山寨，也算两位宾客。

红孩儿起初看见两人交拜，觉得路鼎没有风流温柔的资格，配不上这位天仙般的总寨主，很替李紫霄抱屈，等得李紫霄穿着平常便服，进来周旋，他两只眼直勾勾地盯在李紫霄面上，觉得这位美人儿，无论金装玉裹、荆钗布裙，都掩不住她的姿色，自己枉称采花使者，竟没有碰着这样绝世佳人。他这样痴痴地想着，两只色眼又直勾勾地盯着，笑面虎和他说了几句，全然不睬，竟似失了魂魄似的，形状非常可笑。

这席主位上正是过天星，一看红孩儿失神落魄的，弄出这副怪相来，也觉十分不雅，万一被总寨主和别人看到，追究起来，总是自己的朋友，自己的性命才蒙总寨主亲自救出，怎么又引进这种坏坯子来，当这大喜的日子，万一弄出事来，自己如何吃消得下？这样一想，愈想愈怕，屡次想开口用话点醒笑面虎，叫他转知红孩儿放尊重些，无奈笑面虎也是色中饿鬼，忘记了自己坐在何处，直着一双怪眼，也自看呆了。

过天星屡次用目示意，何曾理会得到，偏巧有两个女兵提着两把酒壶敬到这席上了，李紫霄、路鼎的眼光自然也转到这席上，互相行礼之间，在路鼎只觉这首座两人，面目甚生，也不注意到别的地方，可是李紫霄目光如电，何等聪明，一瞬之间，早已把两人怪相看到肚里，也不作声，姗姗地向席上一一周旋告竣。

夫妇俩正要双双退出，忽见中间一席上几个白发萧萧、衣冠楚楚的老头儿，走下席来，齐向李紫霄躬身为礼，笑着说道："俺们这几个小老儿，已是风烛残年，平日仗着总寨主庇护，安居家中，足不出户，平时耳内听得总寨主如何本领，如何智慧，却苦于行动不便，每逢寨主大显身手时，总赶不上饱饱眼福。俺们这几个小老儿，时常聚在一起议论此事，总想设法亲眼看一看总寨主本领，这样死去，俺们才算没有白活了这许多年。无奈在平时不敢冒昧亵渎，幸得今天是总寨主大喜日子，又知总寨主平时敬老怜贫，提着胆气，借酒遮脸，想求一求总寨主赏个面子，只是动刀抡杖，今天大喜日子，实不相宜。请总寨主随意施展一点，俺们几个小老头儿死也甘心了。”说罢，又连连打拱。

这几个倚老卖老的这样一说，却合了一班宾客的胃口。在本寨各好汉早已见识过，原不稀罕，可是各处赶来贺喜的江湖好汉，平日对于李紫霄也只闻名，既是洞房闹不成，正苦没有题目，此刻一经几个老者提议，立时齐口同声地响应起来，其中笑面虎、红孩儿两个宝贝，更是别有用心，巴不得有此一举，看一看美人儿的本领如何。

这时路鼎恐怕李紫霄不乐意，一个别扭，便要弄僵，偷眼看她时，却见李紫霄看出，出头的几位老者，都是路、袁两姓族中的长辈，说的话又这样委婉，笑吟吟地说道：“今天承诸位尊长和诸位贵客光降，使山寨增辉，非常感激。至于妾一点微末之技，在座贵客，都是此中高手，恐怕难以入目，反不如藏拙为妙。”

李紫霄话未说完，宾客堆里早有几个人齐声喊道：“我们久仰总寨主内家功夫出众，务必赏面才好。”

这几个人一喊，合者益众，闹得乌烟瘴气。

李紫霄再想接说几句，已是不能，又苦于自己究是崭新的新娘子，不好意思大声说话，幸而袁鹰儿挤进人群，笑吟吟向众人说道：“诸位要敝寨主一显身手，也未始不可，不过只她单人独练，未免枯燥无味。诸位贵客都是行家，何妨出来先练几样绝技，也教敝寨见识见识呢?”

这一句话，正合李紫霄心思，因为今天来客良莠不齐，难免有别的山头，假充贺客，暗探虚实的事，借此也可看来人本领如何。这时众客里面，也有持重不露的，也有想卖露几手的，也有自知自己本领不济，不声不响的。

你推我让了半晌，忽听得左面席上有人怪声怪气地喊道：“有几手的就下场，何必学娘儿们似的，扭扭捏捏耽误工夫呢？咱们还要看后面压轴子的好戏呢!”

这一喊，谁也听出语中带刺，不免都伸起脖子，寻说话的人。哪知他喊了几句，脖子一缩，没事人似的，自饮自酌起来。

只有同席的人，知道喊的就是笑面虎。可是过天星心里格外难受，暗想你这小子真损，你既然不顾体面，俺也不顾交情，眉头一皱，计上心来，便笑道：“咱们多年不见，大哥功夫当然一日千里，趁此机会，何妨出面露几手，也使小弟面上增光呢。”

笑面虎笑着向那面一指道：“你不要忙，咱们先得看看别人。”

过天星等朝着他指的所在一看，果见一个油墩似的胖汉从左面席上被人架了起来，推推拥拥，一直推到厅中铺红毡的空地上。

那胖汉生成一张四方大黑脸，走起来，颌下两块肥肉，一动一哆嗦，一个小鼻子，却躲在两块肥肉下面，一双猪眼也被面上肥肉挤得变成一条线，下面还凸着一个大鼓似的肚皮，这副怪相，谁也禁不住要笑。

袁鹰儿、路鼎、李紫霄一看，这样宝贝也来献艺，只可忍笑着，退到下面主席上坐下，静看胖汉怎样施展。可笑胖汉踏到红毡上，把袍袖向上一卷，伸出短短的两只黑肥手，十个指头，却有萝卜般粗，忽地向两面席上一抱拳，发出尖咧咧的刺耳嗓子说道："在下生长凤阳，自幼爱好武艺，淮南淮北一带英雄好汉，没有一个不知道俺的，承他们不弃，送俺一个铁肚皮的雅号，因俺功夫都在这肚皮上。"说到此处，竟自解开袍带，大敞胸膛，端出黑油油、亮晶晶的一个大肚来，而且两手开弓，接连几个巴掌，把自己肚皮拍得山响。他这副尊荣，配着他一副尖嗓子，已经够看的了，怎禁得他这样一做作，逗得众人哄堂大笑。

这时熊经略、小虎儿都在席上，众人笑时，小虎儿直笑得蹲下身去，直扶肚子，连李紫霄也忍不住别过头去。唯独熊经略始终没有正眼看他一眼，只顾喝自己的酒。

这时，那胖汉把肚皮拍了一阵，又说道："诸位不要笑，淮南淮北一带的英雄，在俺肚皮上跌筋斗的不知多少。俺这铁肚皮绰号，得来也不容易哩。口说无凭，诸位不信，便请过来，在俺肚皮上重重地打三下，俺决不还手，且看俺肚皮结实不结实。"

话犹未毕，猛听右席上大喝一声："好的，俺来试一下！"喝声未毕，人已到铁肚皮面前。

原来此人就是笑面虎。他暗想不管他肚皮怎样，横竖他愿意让人打，这样便宜，落得找的。他打好如意算盘，挺身而出，来到胖汉面前，也不招呼，只把袍袖一动，伸出油锤似的拳头，在胖汉面前晃了一晃，哈哈笑道："足下肚皮虽然结实，俺这拳头分量也不轻，咱们往日少怨，今日无仇，万一打坏了尊腹，倒不是玩的。咱们得预先声明一下。"

胖汉瞪着一双猪眼，向笑面虎看了又看，然后冷笑一声道："俺肚皮摆在这里，原不是摆空架子与人看的。打坏了肚皮，只怪自己腹皮不结实。便是打破了肚皮，也怨不得人拳重。万一俺肚皮没有受伤，打的人倒受了伤，当然也不能怪俺肚皮无情，这也得预先声明一下。足下如果自问没有把握，还不如回去安坐吃喝的好。”说毕，两手叉腰，两腿一蹲，端得四平八稳。

笑面虎原是个凶暴角色，怎禁胖汉一反击，又自恃着拳头上用过苦功，平日一拳可以击碎三块水磨方砖，这样棉花似的大腹，包管一拳过去，便打得他大小便齐出。那边架子端好，这边便举拳奔去。

还算笑面虎良心发现，拳头未下，心里一转念，万一真个一拳打死，在这喜庆席上，似乎说不过去，不如只用八成力量吧。他念头一转之间，油锤似的拳头已到胖汉肚上，只听“啪啪”一声，笑面虎拳头整个儿陷入肥肉之内，看的人吃了一惊，以为一拳捣破了肚皮，连拳头都打入腹内了。说时迟，那时快，未等笑面虎拔拳，忽听胖汉鼻子里哼了一声，同时墨油油的肚皮，突地向外一鼓，扑通一声，笑面虎仰面一跤，跌出三四步开外。

笑面虎在众目睽睽之下，岂肯吃这个亏，一骨碌跳起身来，虎也似的一声大吼，一双满布红筋的怪眼，突得鸡卵一般，火杂杂地重又扑将过去，恶狠狠用足力量，腾的一拳。

这一下，乐子可大了。拳到了肚皮上，只觉得胖汉肚子真像蒲包一般，松松的毫不着实，四团肥肉，却跟着拳往里收。这回拳势既猛，皮肉也格外收得紧，非但整个拳头没入肉堆内，连小半条臂膀，也裹将进去了。

笑面虎一看不好，急想收拳时，哪知拳头到了人家肚皮上，被四面肥肉裹得紧紧的，宛如生了根，再也拔不出来，挣扎了几下，拔不动，心头火发，恶胆顿生，正想举腿兜头踢去，猛听得胖汉喝一声："滚你妈的！"

这一下真要笑面虎好看。在胖汉肚皮运气一鼓之间，笑面虎伸腿欲踢之际，猛觉全身一震，凭空弹出一丈开外，头下脚上，一个倒栽葱，直跌落大厅门角落里，跌得他发昏了半晌起不来。因为头下脚上，跌下来，头和地面便撞了一下，自然震得昏迷过去了。

过天星到底不忍，慌和头目们赶来，把笑面虎抬了出去。这边把受伤的笑面虎抬出，那边胖汉得意扬扬，把肚皮拍得山响，哈哈大笑道："那位仁兄真可以，看他神气，定想一拳打死俺才甘心，哪知在俺这肚皮上打得轻，跌得轻；打得狠，也跌得很。有了那位仁兄做榜样，大约没有人来尝试的了。俺总算献过了丑，要失陪了。"

他正想掩好衣襟，忽听得右席又有人大喝道："休走，还有一个不怕跌的！"

众人急看时，只见右席上走下一个满身锦绣、俊俏风流的瘦小书生来。

原来此人就是红孩儿。他在席上，看清胖汉肚上功夫，无非仗着一点蛤蟆功。笑面虎练的是一身硬功，想用猛力伏人，所以上了他的当。红孩儿存了报复主意，便一步三摇地走近胖汉，假充斯文，向胖汉兜头一揖。

胖汉正在趾高气昂，哪把红孩儿放在心上，略一抱拳，便哈哈笑道："足下乳臭未干，吃完了喜酒，上学堂去是正经。咱们以武会友，没有你们念书人的份儿。"

红孩儿并不生气，依然笑嘻嘻地说道："我看那位打你肚皮的朋友跌得怪有趣的，所以俺也想照样跌他一跤。再说你自己说过，不论是谁，都可以打你肚皮三下，并没有说念书人不能打你的话。你如果怕俺打你，那倒好办，你只要在众人面前朝俺叩三个响头，俺就放你过去了。”

这一番尖刻的话，说得胖汉真像气蛤一般，怪鸟似的大叫，立时重敞胸膛，端好功架，向红孩儿招手道：“来，来，来，你自己找死，可不能怪俺。”

红孩儿嬉皮笑脸并不动手，只管朝着他端详。

胖汉等了许久，有点不耐烦起来，喝道：“叫你打你又不敢来打，只管耽误工夫做甚？”不料胖子话未绝声，红孩儿一个箭步，疾起右掌，向胖汉肚脐眼上只脆生生一拍，“托”的一声响，猛见胖汉脸色骤变，一声怪呼，望后一个倒坐，蹲在地上，竟起不来了。

红孩儿朝地上胖汉看了一看，冷笑道：“原来铁肚皮功夫，也只如此。”说毕，头也不回，向厅外出去了。

这当口，忽见老狝狝一跃而起，向厅外喝道：“去客且请留名！”

红孩儿仰天大笑道：“俺便是长江红孩儿，是此地过寨主朋友。”说完这话，依然扬长而去。老狝狝记住姓氏，转身来看铁肚皮胖汉，已由众人七手八脚地从地上架起，向厅外扶出。

原来那胖汉是老狝狝的旧友，跟着老狝狝从瓦冈山赶来瞻仰婚仪，这时受了红孩儿的掌伤，面如金纸，牙关紧闭，老狝狝慌同几个寨卒，把他架回自己下处调养。可是聚义厅上，被这几个宝货一闹，闹得兴致索然，也没有人敢提议，请李紫霄再显身手了。

坐在左面首席上的熊经略，半晌没有开口，此时却呵呵大笑道：“这几个宝货，都不是好东西。那胖子蛤蟆功没有练到家，便想这儿耀武扬威，偏又碰上他的克星。那孩子这一掌，真够狠辣。可怜的胖子，包管不到三天，便要裂肠而死。”

众人吃了一惊，李紫霄却从容不迫地走到熊经略身边，慢慢提起酒壶，替熊经略斟了满满一杯酒，然后在相近空椅上坐下，笑问道：“师叔说的使掌的人，大约用的是铁砂掌功夫，却不料他年纪轻轻，竟忍心下这样毒手。刚才听他自己报名，叫什么红孩儿，这个绰号，也够特别的了。”

熊经略笑道：“这红孩儿眼光不定，满身邪气，出手又这样老练，如果他常到山寨来，你们应该留神一二才是。”

李紫霄不住点头，接着向翻山鹞问道：“那三个贺客面目很生，俺未见过这等人，不知是谁的朋友？”

翻山鹞道：“据说那胖子是老狪狪的朋友。那跌一跤的汉子和红孩儿，都是过天星的熟人，刚来山寨访友，凑巧遇上喜事，便也列入贺客之列了，想不到这大喜日子，闹出这样笑话来！”

李紫霄点头不语，这时所有宾客都已酒醉饭饱，有的已经返回三义堡与瓦冈山去了，未走的坐着喝茶闲谈着，只有熊经略提着朱漆葫芦，一面喝酒，一面滔滔不绝说个不休。李紫霄只好起身告辞，领着小虎儿，回到后寨去了。

席散之后，本寨执事人等，招待宾客的，依然分头待客；巡逻壁垒的，依然分头纠巡。这天全山头目寨卒，虽然不能擅离汛地，却没有一个不沾着喜庆的恩惠，整天地吃着大杯酒肉不算，外带着几两白花花的犒赏，连山寨境界内居民，多少也得着一点好处。这笔开销，数目却也不小，当然是路鼎掏的腰包，但是全山寨卒居民都感念着李总寨主，并不知道是路寨主的恩惠。

最可笑这天晚上，路鼎身为新郎，当然是步入洞房，克偿夙愿的了，哪知这位新郎，与众不同，由爱转敬，由敬转畏，到了这要紧关头，爱也爱到极点，畏也畏到极点。这也是李紫霄在平日言笑不苟、冷如冰霜，到了做总寨主时，又令出如山，不分亲疏远近，一律看待，哪有路鼎亲近谈笑的机会？洞房所在地的后寨，平日又是禁地，不奉命令，不得擅入一步的。

这天到了华灯初上，晚筵告竣，别人是欢天喜地，喜谈阔论，唯独路鼎一颗心，七上八下，宛似热锅上蚂蚁一般，天色愈晚，心上愈难受。他的新夫人，依然大大方方地周旋众人，满厅张罗，唯独他少言无味，连正眼也不敢看她一眼，愁眉苦脸，好似大祸临头一般。众人看他这样神气，也猜不透他是什么心思，只有袁鹰儿肚里明白，暗暗好笑，心想我们这位路兄，何苦千方百计，自找这样苦头？新婚一夕，变了难关，真是好笑，看来这重难关，要他独个儿单枪匹马闯过去，恐怕没有这种勇气的了，少不得又要求我锦囊妙计，但是这档事，却不是别人可以代出头的，骨子里依然要他自己下功夫才是。

袁鹰儿刚在思索，路鼎果然走到身边，悄悄说道："袁兄跟我来。"

袁鹰儿笑着一点头，两人便悄悄离开众人，在无人处低低商量了一阵，也不知袁鹰儿传授了什么锦囊妙计，路鼎眉头顿展，一人坐在下处，静等好音。

袁鹰儿不知怎的，一忽儿找着熊经略谈几句，一忽儿又寻着小虎儿探点消息，一忽儿又向女兵们鬼混一阵，东奔西跑，忙得个脚步不停。

直到了起更时分，后寨四个女兵，分执四盏垂苏纱灯，冉冉而来，直到路鼎下处，说是："奉熊经略命，迎接路寨主，送入洞房，成就百年佳偶。"

这几句话，听在路鼎耳内，宛似皇恩大赦，明知袁鹰儿一番奔走，功劳不小，熊经略的恩德，更是难忘，慌不迭立起身，跟着女兵到后寨来，未到后寨，在半路上先掏出四锭雪花花银子，分赏四个女兵。

女兵们自然乐得笑纳，却都笑道："刚才袁寨主已分赏给总寨主身边女兵，俺们都有份，此刻又蒙寨主犒赏，此后寨主也是俺们主人，伺候不周之地，还要请寨主包涵哩。"说罢，个个喜着嘴，笑得花枝招展。

路鼎大乐，这几个女兵又都长得有几分姿色，一面走着，一面莺嗔燕叱，拥着路鼎走来。

到了李紫霄住屋门口，守卫的女兵，早已看见，跑进去通报。路鼎以为这一通报，定有人出来，把自己迎接进去，说不定熊经略亲自出迎，哪知在门口站了半晌，不但熊经略踪迹不见，便是小虎儿也不露头，连身边跟自己来的四个女兵，都溜进门内去了，一个人凄凄凉凉地在门外来回大踱，又不好意思闯门进去问个缘由，满以为袁鹰儿安排妥当，可以走马上任，谁知这座大门，又成了一座难关。

虽然看两扇大门，明明开着，毫无阻挡，但在路鼎眼内，便像千山万水一般，屡次想一鼓作气迈进门去，总顾虑自己面皮不好看，又摸不透李紫霄是何主意，说不定李紫霄和熊经略商量好的，故意这样做作，要试一试自己心境如何，是不是急色儿一流。路鼎正在心口相商，彷徨无计，偶一转身望到来路上，蓦见岭腰路口一条黑影，箭也似的向松林内蹿去，倏忽不见。

路鼎以为李紫霄身边的女兵退值下来，在山上玩耍，或者背地偷窥自己也未可知，因此并不在意，心里又念念不忘如何进门，更想不到别的事情上去，这样又出了半天神，猛听得身后有人低低唤道："路寨主。"

路鼎吃了一惊，慌回身一看，认出就是迎接自己的四个女兵中的一个。路鼎仗着特别犒赏，道："怎的你们进去了这半天，一个也不出来了？"

那女兵笑道："寨主休急，俺恨不得立时替你通报，怎奈总寨主正和熊经略密谈，似乎谈的非常重要，不许一人进房去。俺们都替你焦急，但是俺们总寨主山规森严，谁敢进去通报呢？俺恐怕寨主等得心焦，特地溜出来悄悄通知你老一声，请你安心再等一忽儿。他们谈话一完，俺们立时替你通报便了。"

路鼎暗想，早不谈，晚不谈，偏在这时密谈起来，横竖我已等了这许多工夫，也不在乎再等一等，便是等到天明我也干，铁棒磨钉，好歹有个结果，主意打定，便点头道："既然总寨主有机密要事，我再候一候便了。"

女兵喜着嘴又转身进内去了，这样又等了半天，侧耳听见远远钟楼上已打二更，蓦然间门内跑出几个女兵，娇声喊道："总寨主亲自出迎。"

这一声，虽然出自娇滴滴的喉咙，在路鼎耳朵内，宛如晴天霹雳，完全出于意外，反闹得举措不安，偷眼向门内看时，果见几个佩刀女兵，提着宫灯，导着李紫霄缓缓下阶，向外走来。

路鼎又惊又喜，人还未到跟前，已向内深深一躬打下地去，等他直腰而起，李紫霄已在门内，敛衽为礼，低声说道：“适有小事和熊世叔商酌，她们通报稍迟，有劳吾兄久候，尚乞恕罪。”

这时路鼎心花怒放，如登天上，更想不到李紫霄竟亲自出迎，又说出告罪的话，几乎感激涕零，哪还说得出整句的话来，口里只连说：“不敢……”

说了一大串的不敢，人却依然立在门外，倒是钱可通神，李紫霄身后几个乖觉的女兵，看着路鼎可笑，念着得过他的重赏，便笑着过去扶他进门。

李紫霄转身时，举手一挥，女兵们便悄悄退去，只剩李紫霄房内两个贴身的侍女，提灯前导，居然引上楼梯，直引到李紫霄卧房。

室内雅洁绝伦，却不像新婚洞房样子。路鼎家中移来一切富丽堂皇的陈设，却一物不见。路鼎心中大奇，却不敢作声。李紫霄察言观色，早已了然，弧犀微露，嫣然一笑道：“既然夫妇重在同心，妾又出身微贱，爱好朴素，又想到身在山寨，尚非安居乐业之时，所以一仍是旧，但吾兄所赐，何敢轻弃，业已另辟一室陈列。吾兄不信，请到对室一看，便可明白。”说罢，亲自在前引导，路鼎跟着走进对面室内，一到这间房内，立时焕然一新，处处争光耀眼，果然把路家送来的东西，一件件陈设得有条不紊。雕床绣被，宝镜锦屏，件件皆备。

路鼎肃然起敬，嗫嚅说道：“师妹是巾帼奇女士，这种俗物，怎能看得上眼。愚兄替师妹执鞭随镫，也是甘心。”说罢，满脸诚惶诚恐之色，一面又连连打躬，意思之间，似乎要屈下膝去。

李紫霄悄说道：“俊俏郎君易得，诚实丈夫难求。得兄如此，妾尚何求？今妹子尚有一点苦衷，便因吾兄在门外时，熊师叔与妹子密谈此后山寨大事。他说：‘天下不久大乱，关外英雄崛起，兵强马壮，必为国家大患。朝廷奸臣，蒙蔽圣上，障塞贤路，将相无人，将来全仗四海英豪时杰，推近及远，大收羽翼，隐为后日大举之备。’他这一席话，说得妹子顽石点头，将来俺们夫妇能够做到这种地步，才不愧咱们来此山寨的初衷，也对得起咱们三义堡的英名。倘以此自豪，一旦身败名裂，非但咱二人洗不脱落草耻辱，连三姓父老，也污了一世清白。妹子强煞是一女子，此刻虽暂总率山寨，他日兴师起义，自然要推吾兄为主。吾兄素来英雄，谅必以妹子之言为是。”

第七章　红孩儿的断臂

路鼎慌说道："师妹所说的都是金玉良言，愚兄早已说过，事事以师妹主意为主。"

李紫霄欣然道："既然咱们夫妻同心，从今天起，咱们立定志向，照熊师叔吩咐，慢慢做去，只是咱们儿女之私，只可暂时束起，免得被他们耻笑，借此也可做个榜样与他们看。将来大功告成，再享咱们林泉唱和之乐，未知吾兄意下如何？"

这几句话，可算得文到本题。路鼎是个老实人，怎知李紫霄一番话，半真半假，话里藏机，总以为李紫霄全是肺腑之言，虽然听去，口气似乎叫他暂时做一对干夫妻的意思，心里有点不大合适，无奈对面题目，来得冠冕堂皇，一时插不下嘴去，口里只可唯唯应是，心里却又暗暗着急，暗想：难关已过，身入洞房，难道还有变卦不成？他虽然这样暗急，却万料不到李紫霄别有用心。

其实李紫霄对于这头亲事，究竟有无诚意，也只有她自己明白。好在以后自有事实表明，此处先毋庸表白。

这时，路鼎坐在对面，一时默然不语，李紫霄早已窥透心胸，低低说道："路兄休怪妹子不情，实因前程远大，关系非常。我们一身本领，将来用处甚大，妹子练的又是内家正宗，最忌那个……”说到此处，双颊立晕，满面娇羞，益显得娇艳欲滴，弄得路鼎雪狮子向火一般。

正在不可开交之际，猛听得山风拂尘，岭上松林怒号如潮，纱窗外也沙沙作响，似乎要下雨光景。

风声过去，李紫霄似乎猛然一愣，回头向窗外一看，倏地立起身，走近路鼎身旁，在他耳边悄悄几语。路鼎正在神志彷徨，怎禁得香泽微亲，低声软语，还以为李紫霄到底不忍冷落他，哪知入耳的话，却是“有奸细”三字，而且一语甫毕，便翩若惊鸿地反身出屋去了。

路鼎究竟也是行家，一听有奸细，慌跳起身来，想赶去问个明白。人未出屋，忽见对面李紫霄寝室，顿时乌黑，心里一警，慌也回身，噗的一口，把桌上一对花烛吹灭，却苦于未带兵器，一时又不知奸细在何处，猛听得屋上李紫霄娇叱一声：“贼子休走!”立时刀剑叮当，交击之声响成一片。

路鼎心里一急，打开楼窗，涌身一跃，跳到楼下天井内，抬头一望，屋上四无人影，许多女兵，已纷纷抢着军器，赶出门外去。路鼎不由分说，顺手在廊下兵器架上，抢了一支长矛，倒提着跳出门外。他前脚出门，后面小虎儿也舞着双刀大喝而出。

前面几个女兵，回身向上指道：“寨主赶快去，总寨主在屋后岭上松林内，与贼子狠斗哩。”

同时四面警锣铛铛，号角呜呜，响成一片。前寨黄飞虎等也闻警率领寨卒，分头向岭巅兜拿上来。路鼎一看，几条上山大小道路，人声鼎沸，火把如龙，知道奸细万难脱身，抖擞精神，飞也似的抢向岭巅，抬头向前一看，只见岭巅一块空地上，剑光电掣，宛似万道银蛇，裹住一个通体纯青的人影子，再几个箭步，越过一个危坡，才看清李紫霄仗着流光剑，和一个蒙面黑衣的短小贼子，正杀得难分难解。虽然李紫霄挥剑如龙，步步紧迫，那贼子身体煞也机灵，手上一把单刀护定全身，浑身解数，居然在一片剑光中，滴溜溜乱转。

路鼎想提矛助战，刚喝得一声："该死贼子，俺路鼎来也！"

李紫霄霍地向后一退，举剑向蒙面人一指，说道："路兄仔细，务必活捉这厮，待审问明白再处治他不迟。"

路鼎应了一声，便火杂杂地赶上前去，一个"乌龙出洞"，举矛分心便刺。只见蒙面人面上露着两个眼珠窟窿，一面提刀架格，一面小窟内两颗乌溜溜的贼眼，骨碌碌四面乱转，似乎把路鼎全不放在心上。路鼎大怒，一声大喝，一矛紧似一矛，招招刺向要害。哪知蒙面人毫不在意，鼻子里一声冷笑，猛地健腕一转，一个"斗大刀花"，向矛杆上电也似的一绞，便听得咔嚓一声，矛杆立断。路鼎万想不到他手中还是一柄斩金截铁的宝刀，偏逢自己惯用的那柄大砍刀，因为初入洞房，不便带在身边，随手掣了一杆檀木杆子的长矛来。这时被贼子一刀砍断，刀光一闪，暴风骤雨般，顺着半截断杆向腕上截来。

路鼎这一惊，非同小可，只可弃掉杆，斜刺里纵了开去。哪知蒙面人故意使了一招狡猾手段，路鼎一惊一退之际，他趁此机会，单刀一收，倏地向后一退丈许远，身子一转，便向后岭松林奔去。

哪知人还未奔进松林，猛听得林内一声娇叱："大胆狂徒，快快束手受擒！"语音未绝，一柄剑活似长蛇出洞般，当胸刺来。蒙面人大惊，慌举刀招架，定睛细看，恰是李紫霄。

原来李紫霄初战蒙面人，知他功夫不弱，手上一柄宝刀，不亚于自己流光剑，又想生擒活捉，故意同他游斗，等众人四面围住，乘他力乏时再行生擒，所以路鼎未到时，故意展开一手八仙剑法，团团把他围主，使他脱身不得，后来一听警号四彻，兵马已动，路鼎先赶到，又不愿双打一，索性退身下来，让路鼎同他略一交手，自己抽身可以指挥一切，刚一抽身，几个快腿的女兵，也已赶到身边。李紫霄悄悄吩咐了几句话，几个女兵依然转身跑下岭去，分头传令。

这里李紫霄留神两人交手，看清贼人举动，早已明了贼人已无斗志，只想寻路逃跑，便算定他必向岭后逃走，先暗地飞身入林候个正着。蒙面人一看此路不通，哪敢再战，虚掩一刀，转身便跑。

李紫霄遥向路鼎说道：“路兄兵器已断，且会合众寨主守定要口，不怕他逃上天去。”说毕，一个箭步，向蒙面人背后赶去。

那蒙面人腿下奇快，在李紫霄和路鼎一谈话的工夫，已飞跑出老远，眼看他飞也似的向前面下岭山路跑去。蒙面人一看这条山路上，居然一个人影都没有，满以为先头听得号角齐鸣，火光四彻，怎的此刻不见一人，未免心里有点怙惙起来，一抖机灵，两足一点，飞上近身一株松树。他也想到，身入重地，定有埋伏，仗着轻身功夫，想从这一片松林上面穿枝而过，既可隐身，又可免险。主意虽好，无奈李紫霄手下女兵，平日早已训练有素，个个都有几分本领，那边李紫霄暗地传令布置，早已埋伏停当，不啻天罗地网。

这蒙面奸细刚纵身上树，猛听得四下里一声喊，丰草石坡之间，箭如飞蝗，向他这边树上攒射，他对面一株古柏树上还伏着一个小孩子，小手一扬，金钱镖连珠般地发来，有几枚嵌在近身干上，铮铮有声，只差得寸分之间，吓得他两足一点，斜刺里飞下山道拔脚便跑。跑下有一箭路，却是一个岔道，一边是下岭山道，一边是羊肠小径。他不敢奔正道，不管好歹，便向小道飞奔，不料刚刚奔入小道，猛听得身边霹雳般一声大喝，随着“哗啦啦”一声巨响，一条夭矫如龙的黑影，当头罩来。

蒙面人喊声：“不好！”人急智生，趁着急跑之势，两脚一顿，向前纵去。在他意思，以为闻声不见人，这条黑影，定是伏地锦、绊马索之类，仗着轻身功夫，想跳越而过，便可无事。

哪知这条小道上，正是黄飞虎埋伏所在，看得贼人跑来，身法奇快，功夫很是不弱，早已端正好手上套马索，待他身临切近，出其不意，当头套去，而且早料到贼人因这条路狭窄，两面都是岩壁，只有向前急蹿一法，故意使飞索哗啦一声怪响，故作当头罩下的样子，乘他纵起身来时，手腕一翻，半空抖起套索，立时改变花样，宛如怪蟒翻身，呼的一声，向蒙面人腿上绕个正着，往后猛力一抽，蒙面人在半空里一个筋斗，跟着飞索跌下地来，同时手上一柄宝刀，也脱手飞去。

黄飞虎大喜，赶过去一脚踏住，便用飞索把他捆成馄饨一般。这时蒙面人惊吓跌撞之下，已昏迷过去，任着黄飞虎随意摆布。黄飞虎把他捆好以后，嘴上一吹哨子，立时赶上许多寨卒，扛了蒙面人，跟着黄飞虎向正道走来。恰好李紫霄等众人已在路口等候，见已擒住，非常喜欢，顿时命随身女兵，吹起聚哨信号，所有各处堵截的寨主，纷纷聚集赶来，报告全山寻查，别无第二奸细。

李紫霄略一问讯，便命众寨主押着擒住奸细，到聚义厅审问虚实，自己随后便到。众人一声答应，立时风卷残云一般，向前寨聚义厅上去了。这里李紫霄点齐女兵，吩咐小虎儿领着守卫后寨，自己带领四个女兵向聚义厅走去。

这时路鼎已同各寨主合集厅上，有几位寨主，不免还要打趣他几句，说是“这奸细太可恶了，偏在这时候来捣乱，回头总寨主审问明白，定要重重惩治一番的”。其实李紫霄心中，正私幸这奸细一番捣乱，无形中便助了自己一个巧计，只有路鼎垂头丧气，有苦说不出口来，非但把今宵洞房花烛夜一笔勾销，以后要像今晚一室谈心，未知能不能呢。袁鹰儿也在座上，他却想不到李紫霄别具深心，也和众人一样推想，暗笑路鼎福薄，良宵一刻千金，轻轻被这奸细断送了。

众人说笑之间，四个女兵提灯冉冉而进，李紫霄一到，全厅肃然。李紫霄居中坐定，厅外几个头目一声吆喝，便架着全身被捆缚的蒙面人拥到案前。黄飞虎也把蒙面人的宝刀献上。李紫霄先把那柄宝刀看了一遍，只见刀薄如纸，可以随意围在腰间，刀尖上还有一个小窟窿，和扁扁的刀柄上一朵凸出小莲花，正好扣住，围在腰间，宛如扣带一般，原是夜行人最好的利器，非用上好缅铁，经过多次千锤百炼不能成功。李紫霄向下面几个头目一挥手，头目会意，一伸手便把奸细蒙面具摘了下来。

不料奸细的真面目一露，座上众寨主都吃了一惊，尤其是过天星吓得面成灰色。

黄飞虎喝道：“这厮不是用铁砂掌，打坏铁肚皮的红孩儿吗？身列宾客，竟敢胆大妄为，私窥后寨，定是不怀好意。请总寨主重刑拷问才是。”

李紫霄冷笑道："我在白天周旋众宾之间，早已看出这厮满面奸淫，不是好东西。我师叔也曾说过，我还以为打坏铁肚皮，惧罪逃去。我看兄弟面子上，当时不曾追究，想不到他居心叵测，胆敢夤夜深入后寨，定然别有奸谋，快快招出实情，免得皮肉受苦。"

李紫霄说时，蛾眉倒竖，声色俱厉，一对威棱四射的妙目，便向过天星扫了一下，吓得过天星满身一哆嗦，低下头去，心内直跳。

这时红孩儿已从昏迷中惊醒过来，抬头一看，李紫霄左右整整齐齐坐着几位寨主，个个怒容满面，威风十足，自己被五花大绑，两旁如狼似虎的一班小头目，便知自己这条小命儿，有点难保，但是生成彪悍气质，毫无惧态，两眉一挑，一声冷笑道："原来你们塔儿冈号称结纳贤豪、敬礼嘉宾，是这样的。大约你们同那铁肚汉交情不错，想替他报仇罢了。既然被擒，要杀要剐，请听尊便。我要皱一皱眉头，便不算长江红孩儿。"说罢，凶目一瞪，便哈哈大笑。

李紫霄喝道："无知匹夫，死到临头，还敢胡说。我如果要替胖汉报仇，在你白天逞凶时，早已把你拿住，还待你从容逃出大厅不成！我们对待江湖好汉，来此做客，无不虚心迎接，一视同仁。白天胖子虽有自招羞辱之道，但你遽下毒手，宛同夙仇一样，尤其身为宾客，在我们寨内，竟敢逞凶，足见你平日无所不为，毫不带好汉气象。可是我们虽然心非，尚且顾全大体，不愿同你过不去，哪知你包藏歹心，竟敢目空四海，夤夜持刀，私入后寨，窥探机密。幸而我们察觉得早，没有你施展手脚余地，否则你又不知做出怎样恶毒的事来。现在你是自投罗网，生死只凭俺一言处决，到现在你还不快说实话，私窥后寨，意欲何为？从实招来，或者说得有理，亦好放你一条生命。如果倔强，先让你尝尝我们的山规，再取你的狗命!”

李紫霄说毕，左右各寨主，又齐声大喝道：“快招了吧!”

案下几个头目，早已预备好的皮鞭，哗啦啦抖得山响，声势煞是惊人。

红孩儿在长江一带，纵横了好几年，哪受过这样的威吓，饶他倔强淫悍，也觉今天难逃公道，两臂暗运用功劲，竟想挣断绑索，飞身逃走。无奈这条绳索，非比寻常，依然还是黄飞虎那条与众不同的套马飞索，不挣扎还好，一挣扎，索陷肤内，非常地结实，空自挣出一身冷汗。

上面李紫霄冷笑道：“无知的匹夫，还想逃命，此地是什么地方，就是你身无捆索，也不怕你逃上天去。你要知趣，快招实情，免得受苦。”

红孩儿到此地步，也只好把心一横，豁出命去，咬牙闭嘴，来个不声不哼。

原来他本是一个采花淫贼，白天在酒席筵上，看见李紫霄如同天仙一般，早就垂涎欲滴，在胖汉肚上一掌以后，扬扬得意地回到下处，毫不计及利害，便想照采花行为，乘夜偷入后寨，乘机行事，而且带了随身惯用的鸡鸣五更断魂香，想把新郎、新娘一齐熏迷过去，让他随意妄为，说不定李紫霄爱自己俊俏风流，踢开路鼎，与自己重谐良缘，岂不大乐特乐？他一个人专从邪处想，越想越对，未到起更便退脱长袍，带好蒙面具，束好缅刀，带起百宝囊，飞身来到后寨。路鼎在后寨门外徘徊时，瞥见一条黑影，便是红孩儿偷偷掩掩飞身上岭当口。

等得李紫霄亲迎路鼎入内，夫妻洞房坐谈时，他便越墙上楼，从楼檐口倒挂下来。恰好一阵山风吹来，树影飞舞，呼呼乱响，正掩住他飞檐越脊的响动。他暗地高兴得了不得，以为天助成功，一个“夜叉探海”式子，便从楼梯倒挂下来，不管三七二十一，便从百宝囊内掏出熏香盒子，找寻窗棂窟窿，便想施展。他的熏香原也厉害非凡，不用候人睡熟，只要闻着一点，便四肢瘫软，动弹不得。

不料李紫霄目光如电，起初他在瓦上行动，被风掩去声音，不曾听见，可是他挂下檐口时，被山风一摇，不免略晃一晃。天上一阵阵黑云，偏在这时被风吹散，露出一轮月光，恍然一映，窗纱上早已显出一个黑影来。虽然一闪即灭，李紫霄早已明白，只有路鼎全神贯注在百年好合上头，毫未觉察。李紫霄不动声色，只在路鼎耳边，说了一句，翩然而出。

红孩儿一看屋内举动，原也有点警觉，哪知李紫霄身法奇快，红孩儿刚翻身上屋，李紫霄已卓立屋上，一剑刺到，两人便在屋上交战起来。这是红孩儿初入后寨的动机和经过。这时身已被擒，李紫霄逼他说出实话，但是红孩儿无论怎样厚脸也说不出我是来采你花的，这样一说，立时可以死在李紫霄剑下，只好咬紧牙充哑巴了。

李紫霄见他不开口，便掉头向过天星喝道：“这是你的好友，他平日行为和出没处所，你当然知道的。他闭口不说，你难道还要替他隐瞒不成？”

翻山鹞也喝道：“过兄弟，往常咱们在一块儿，你虽有点小孩脾气，尚无十分大过。这几天怎的颠颠倒倒，接连做出不好事来？你也不想想，你这条小命，才蒙总寨主亲手救出来，大恩不报，又引进这种败类来山寨捣乱，你自己想想，对得住总寨主和我们吗？”

这一番话说得过天星羞愧交加，恨不得地上有一窟窿，钻下身子去，心里一急一恨，倏地跳起身来，赶到公案前，抢过皮鞭，没头没脸地向红孩儿抽去，一面抽，一面急得跳脚道：“你这该死的东西，该死的淫贼，谁是你的朋友！脂油蒙了心，竟敢跟人到山寨来捣乱，害得我哑巴吃黄连，说不出苦！今天我先打死你这淫贼，再向俺总寨主请罪！”

这几下皮鞭很是结实，红孩儿避无可避，面上早已鲜血直流。

上面李紫霄喝道：“过天星休得鲁莽，山寨自有罚规，不得私行敲打。”

这一喝，过天星不敢再动手，倏地转身向上便跪下，高声说道：“启禀总寨主，红孩儿原无一面之交，全因这几天有一个幼年同学，绰号笑面虎的，忽然到山寨来看俺，意思之间，仰慕本寨威名想来结识结识，这厮便同笑面虎一块儿来的。俺和笑面虎多年不见，接谈之下，听他口气，不大光明，同来的这厮，又是一脸奸猾，俺哪敢向众寨主引见，满想略尽昔日友谊，打发他们回去，偏逢山寨正举行婚礼，被笑面虎等知道，硬欲充列贺客，借此瞻仰。俺一时糊涂，没有拒绝他们，遂闹出这种不体面事来。笑面虎咎由自取，已被铁肚皮用气功打伤，情尚可原，只这厮一肚皮坏水，暗察他的举动，竟像采花淫贼一流，夜入后寨，定是不怀好意，敢请总寨主从重惩治。俺愚昧无知，亦请一并治罪。”说罢，俯伏在地，也不敢起来。

李紫霄微一点头，低头向案下说道：“既非过寨主素识，也是一时疏忽，以后多加谨慎便了。”

过天星见李紫霄没有责罚，益发感激涕零，叩了几个头，又谢过了众人，立起来，依然回座。

李紫霄向众人说道：“众位有何意见，应该怎样处治，不妨大家商酌办理。”

翻山鹞、黄飞虎同声说道：“擒住这厮时，在他身上，搜出许多蒙汗药、断魂香等类。过兄弟说他是淫贼，一点不错。这种败类，只替江湖好汉丢脸，何况又冒犯本山，立刻把他砍了，也替世间除去一害。即请总寨主喝令行刑便了。”

袁鹰儿却说道：“论理这厮杀不可恕，只是今天是总寨主大喜日子，似乎行刑不吉，还请三思。”

李紫霄笑道：“俺自有主意。”接着厉声喝道，“死罪可免，活罪难逃。去他一臂，以惩将来。连夜和那笑面虎，一并赶出山去，不准片刻停留。”

一声喝罢，案下一个山精似的头目，钢刀一闪，咔嚓一声，便把红孩儿一条右膀血滴滴齐臂砍下。红孩儿如何禁受得住，早已跌倒昏死过去。李紫霄命敷上金疮药，替他裹好伤口，即着黑煞神、过天星押解出山。

诸事告毕，天已发亮，大好花烛之夜，生生被这红孩儿搅掉了。众寨主分头告退，散出聚义厅时，路鼎无法再到后寨，偷眼看李紫霄神色凛然，带着四个女兵径自回去。路鼎懊恼之下，只可拉着袁鹰儿，回到下处，细说衷情。

袁鹰儿听得眉头一皱，沉吟了半晌，才说道：“我们这位师妹，主见是不错的，但是依我想，倘然没有红孩儿捣乱，也许还不至如此。这样一来，吾兄倒不能过拂其意，先做几天干夫妻再说。师妹不是无情之人，将来定有善处吾兄的办法，吾兄尽可落落大方地做去，这样她格外敬重你了。”

路鼎听得，只可唯唯称是。其实袁鹰儿心里也有点诧异，不过在路鼎面前，不能再说别的话，只好敷衍一阵。

且说李紫霄回到了后寨，一看路鼎没有跟来，远远山脚下一轮红日，已渐渐从地面升上来，一到自己宅门，便问女兵道："熊经略起来没有，闹了一夜，惊动他没有？"

守卫宅门的女兵说道："捉奸细时，熊经略在床上略问了一句，并不出来，此刻大约尚安睡哩。"

李紫霄不敢惊动，悄悄上楼，到了自己寝室还未坐下，猛见妆台镜下压着一张信笺，慌拿在手中一看，正是熊经略手笔。信中大意说道："我不宜在此久居，乘你们捉奸细时，已带小虎儿下山，浪迹天涯。三年约满，虎儿定会上山寻姊，可以不必挂念。山寨前途，业已代为策划，抱定宗旨做去，不难名扬天下。后会有期，望各努力。"

李紫霄拿着这张纸，怔怔地出了一回神，明知熊经略恐自己坚留，毅然乘夜下山，连小虎儿也不让再见一面。最奇捉奸细时，小虎儿还埋伏林上，一忽儿便不见了他的踪影。一时不留神，想不到相依为命的姊弟，竟远别了，又想到以后，左右没有一个亲人，和路鼎一幕趣剧，又不知将来作何结果，不禁悲从中来。

她这样坐想着此事，也不想歇息，兀自盘算着，后来匆匆盥漱梳洗一番，等到用过午饭，又传集全山寨主，在聚义厅齐会，侃侃地说明自己和熊经略商量好的计划，立誓兴旺寨基，充展事业，为日后光明正大的出路，做一个稳妥的根基。

黄飞虎、翻山鹞都听得高兴异常，非常佩服，其余几个寨主，谁不希望立功扬名，自然益发心同意合。李紫霄买服了众心，索性自己和路鼎结婚，不愿以儿女之私，贻误了山寨大事的主张，也直说了出来，而且把路鼎抬得高高的，好像路鼎原有这样的意思，昨日婚礼，无非一种表面仪式，将来实行夫妇居室，还要等大家功成名就。紧接着便指挥各寨主毅然各司职守，路鼎仍回三义堡分寨去，加紧屯粮练壮丁，袁鹰儿仍在塔儿冈，使他和路鼎分开。

她表面上是冠冕堂皇，谁敢道个不是？路鼎也只有私下里托袁鹰儿在李紫霄身边见机行事，随时成全而已。本书至此，已告结束，至于李紫霄与路鼎是否实行夫妇居室，熊经略、小虎儿游侠事迹，红孩儿的身世与断臂后性命如何，均不在本书范围内。

（全书完）

注：本书正续集1950年正华出版社出版。

附录:朱贞木小说年表

朱贞木小说年表

书　　名	出 版 商	单行本出版时间	备　　注
武侠小说			
铁板铜琵录	天津大昌书局	1940	后改名《虎啸龙吟》并沿用至今
龙冈豹隐记	天津合作出版社	1942.11—1943.10	
蛮窟风云	京华出版社	1946	又名《边塞风云》
龙冈女侠	上海平津书店	1947	又名《玉龙冈》
罗刹夫人	天津雕龙出版社	1948.05—1949.12	
飞天神龙	上海元昌印书馆	1949.03	
炼魂谷	上海元昌印书馆	1949.03	《飞天神龙》续集
艳魔岛	上海元昌印书馆	1949.03	《炼魂谷》续集
五狮一凤	上海育才书局	1949.12—1950.01	
塔儿冈	上海正华出版社	1950	
七杀碑	上海正气书局	1950.04—1951.03	未完
庶人剑	上海广艺书局	1950.08—1951.03	未完
玉龙冈	上海民生书店	1950.10	即《龙冈女侠》
苗疆风云	上海正华书店	1951.01—1951.03	
罗刹夫人续集	上海正华书店	1951.04	疑雕龙出版社版亦有
铁汉	上海利益书店	1951.06	题“通俗小说”,仍为武侠套路
谁是英雄	不详	不详	仅见于预告,或许从未出版
酒侠鲁颠	不详	不详	仅见于预告,或许从未出版
龙飞豹子	不详	不详	仅见于预告,或许从未出版
历史小说			
闯王外传	上海元昌印书馆	1948.12—1950.06	
翼王传	上海广艺书局	1949	借名之作,朱同意
杨幺传	不详	不详	仅见于预告,或许并未出版

续表

其他小说			
郁金香	上海元昌印书馆	1949.05	社会小说,抗日题材
红与黑	上海元昌印书馆	1950.11—1951.02	社会小说,煤矿题材
附　注			
碧血青林	不详	不详	仅1944年《369画报》中提及,并未出版
千手观音	香港出版	1950—60年代	《虎啸龙吟》中部分内容
云中双凤	香港出版	1950—60年代	《虎啸龙吟》中部分内容

图书在版编目(CIP)数据

塔儿冈／朱贞木著. －－北京：中国文史出版社，2021.2

（民国武侠小说典藏文库. 朱贞木卷）

ISBN 978－7－5205－2145 1

Ⅰ. ①塔… Ⅱ. ①朱… Ⅲ. ①侠义小说－中国－现代 Ⅳ. ①I246.5

中国版本图书馆CIP数据核字(2020)第141596号

整　　理：顾　臻

责任编辑：薛媛媛

出版发行：中国文史出版社

社　　址：北京市海淀区西八里庄路69号院　邮编：100142

电　　话：010－81136606　81136602　81136603（发行部）

传　　真：010－81136655

印　　装：北京新华印刷有限公司

经　　销：全国新华书店

开　　本：720×1020　1/16

印　　张：12.5　　　字数：127千字

版　　次：2021年2月第1版

印　　次：2021年2月第1次印刷

定　　价：55.00元